诺贝尔文学奖作家文集·丘吉尔卷

我的非洲之旅

［英］温斯顿·丘吉尔 —— 著
张明林 —— 译

My African Journey

漓江出版社

图书在版编目(CIP)数据

我的非洲之旅 /（英）温斯顿·丘吉尔著；张明林译. —桂林：漓江出版社，2020.2
ISBN 978-7-5407-8789-9

Ⅰ.①我… Ⅱ.①温… ②张… Ⅲ.①游记-作品集-英国-现代 Ⅳ.①I561.65

中国版本图书馆CIP数据核字（2019）第274380号

我的非洲之旅
WO DE FEIZHOU ZHI LÜ

［英］温斯顿·丘吉尔　著
张明林　译

出 版 人：刘迪才
策划编辑：孙静静
责任编辑：陆　源
助理编辑：孙静静　林培秋
书籍设计：石绍康
责任监印：黄菲菲

出版发行：漓江出版社有限公司
社　　址：广西桂林市南环路22号
邮　　编：541002
发行电话：0773-2583322　010-85893190
传　　真：0773-2582200　010-85890870-814
邮购热线：0773-2583322
电子信箱：ljcbs@163.com
微信公众号：lijiangpress

印　　制：北京中科印刷有限公司
开　　本：880 mm×1230 mm　1/32
印　　张：5.75　　　　　　字　数：125千字
版　　次：2020年2月第1版　印　次：2020年2月第1次印刷
书　　号：ISBN 978-7-5407-8789-9　定　价：42.00元

漓江版图书：版权所有·侵权必究
漓江版图书：如有印装质量问题，可随时与工厂调换

辛巴，丘吉尔先生与犀牛

前　言

人们往往高估旅行在信息收集方面的作用。无论哪个国家，即使最为偏远的国家，有关著述之丰、记载的数据之多，读者只要深入细致地研究现存资料，足不出户，便可获得几乎应有尽有的知识。虽则如此，在形成观念、开启心智、判断事物的现象和本质等方面，旅行，尤其是徒步旅行所获得的馈赠却是无价的。正是为了达到这个目的，希冀获得这样的馈赠，我于去年开启了以下篇幅将要记述的旅程。我不能说自己成功地赢得了这些礼物，即便收获了这些礼物，我也更不能说可以把这些礼物转赠于人。因此，对以下文字我不抱太大奢望。文章主要写成于乌干达炎热而漫长的下午，一天的跋涉结束之后。其中大部分已发表在《海滨杂志》(The Strand Magazine)，所做增补，无非使记述完整而已。

这些文章连续地记述了我这段非常愉快而刺激的旅程中比较轻松的一部分，我将其编撰成册，以飨读者。借此，唯愿英国人对其刚在非洲东北一隅所获取的这片奇妙的土地产生更浓厚的兴趣。

温斯顿·丘吉尔

1908年，伦敦

目　录

001　第 一 章　乌干达铁路
014　第 二 章　肯尼亚山
034　第 三 章　东非高原
047　第 四 章　大湖地区
063　第 五 章　乌干达王国
075　第 六 章　坎帕拉
094　第 七 章　"徒步考察"
109　第 八 章　默奇森瀑布
123　第 九 章　河马营地
142　第 十 章　白尼罗河
160　第十一章　维多利亚－阿尔伯特铁路

第一章　乌干达铁路

轮船飞速驶向海岸，光与影的映衬下，蒙巴萨岛的身影在大海中浮现，迷人而妖娆。但是，若要欣赏其全部魅力，游人应该从北面过去。从那一边，他可以看到铁青色地中海上马耳他岛炽热得通红冒烟的山石。他应该在秋雨使大地复苏之前造访塞浦路斯岛，那时，美索利亚平原[1]是一片浩瀚的沙海，每一棵树，甚至每一丛荆棘也是稀世珍宝，每一滴水都贵如宝石。他应该在正午时分去赛德港[2]街头徒步两个钟头。他应该穿过苏伊士运河那狭长的红色堑壕，在红海那大水槽中汗流浃背地洗礼一遭。他应该在亚丁[3]城滚滚灰烬中走上一天，在北索马里炽热的乱石巉岩中过上一周。到那时，在茫茫的大海上经历五天的航行后，他才会以感激愉悦之情，用眼睛和心灵去迎接这里的海岸那一派绚烂夺目的浓绿。四周全是草木，湿润、繁茂、千姿百态。裹满藤蔓、亭亭

---

[1] 美索利亚平原（Mesaoria Plain），塞浦路斯岛北部中央的大平原，长60公里，宽16—32公里。——译注（本书脚注，除特别标明外，均为译注。）
[2] 赛德港（Port Said），埃及东北部城市，位于地中海海岸，苏伊士运河北岸，是世界最大转运港之一。
[3] 亚丁（Aden），也门城市，位于红海亚丁湾。

如盖的大树从下层密林拔地而起,开着花儿的爬山虎张挂在棕榈树上;以雨水和阳光为生的各种热带植物,起伏摇曳的深草,成片绚烂的叶子花,而点缀其间、几乎完全淹没在大自然丰茂林海中间的,则是蒙巴萨港城一座座房屋的红色屋顶。

沿着峭壁之间曲曲弯弯的水道,轮船在距离海岸一箭之遥、水深四十英尺[1]的内陆找到了停泊之处。我们来到了英属东非的门户,更为重要的是,这里是维多利亚湖[2]和阿尔伯特湖[3]沿岸各国贸易的出海口,也是尼罗河的上游。在蒙巴萨湾基林迪尼正在修建的码头将成为很多年间东非和中非主要贸易的枢纽。从南阿比西尼亚[4]到坦噶尼喀湖[5],从鲁道夫湖[6]到鲁文佐里山脉,西至刚果河上游,北至拉多飞地[7],文明国家和企业的任何产品,只要是这大片土地上众多人口所需的东西,都必须经过基林迪尼港[8]这座简朴

---

1 原著长度单位为英制。英制与公制换算如下:1 英寸 = 2.54 厘米,1 英尺 = 30.48 厘米,1 码 = 0.91 米,1 英里 = 1.609344 千米。
2 维多利亚湖(Lake Victoria, the Victoria Nyanza),非洲最大湖泊,尼罗河主要水源,主要部分位于坦桑尼亚和乌干达。
3 阿尔伯特湖(Lake Albert, the Albert Nyanza),也称蒙博托湖,位于乌干达和刚果民主共和国边界上。
4 阿比西尼亚(Abyssinia),埃塞俄比亚旧称。
5 坦噶尼喀湖(Lake Tanganyika),位于东非大裂谷区的西部,世界第二大、第二深淡水湖。
6 鲁道夫湖(Lake Rudolf),现称图尔卡纳湖(Lake Turkana),位于肯尼亚北部。
7 拉多飞地(Lado Enclave),1849 年至 1910 年间刚果自由邦的一块飞地,位于今南苏丹和乌干达西北上埃及河西岸。
8 基林迪尼港(Kilindini Harbour),肯尼亚蒙巴萨天然深水大港。

的码头送往各地。这是因为,基林迪尼(请允许我称之为蒙巴萨)是世界上一条最浪漫、最了不起的铁路的起点。两条铁轨在蒙巴萨岛单调的山林中蜿蜒伸展,钻过了赤道上一座座森林,穿过了一片片广阔的大草原,爬到了接近欧洲雪线海拔高度之后,这才在大湖之滨舒缓下来,稍事休整。从这里开始,火车平稳而快速经过这条铁路,白人以及白人所带来的东西,无论是好是坏,都深入到非洲的心脏,就如伦敦到维也纳的旅行一样便捷而安全。

乌干达铁路历史不长,然而命运多舛。自由党政府先是雄心勃勃,不久后却撒手不管,这招致了投资人无情的批评。保守党政府如获至宝地收留了这个弃儿,又由于管理不善而几至项目流产。铁路每英里造价接近一万英镑;因此方方面面都想插手,都想分一杯羹。按照设计和自然条件,路线本来应该穿过大平原直达维多利亚深水港,结果却绕道伸到了卡维龙多浅水湾。谢天谢地,绕这么远也不失为一件幸事。建筑期间的管理失误和计算错误简直匪夷所思,对其说三道四倒也轻松,但这些错误也实在离谱,不招致批评也根本没有道理。不过,要穿过这些地区,十年以前可是耗时数周也未必能够完成的畏途,如今四十八小时即可实现。所以,人们更容易低估当年开拓者们所经历的千辛万苦,那时经验的缺乏不可避免,那时条件之差触目惊心。英国人"走一步算一步"的艺术,这条铁路可算是一个绝妙的例证。铁路要经过许多地方——森林、峡谷和狮群出没的地方;要经历许多曲折——饥荒、战争和国会长达五年的唇枪舌剑,铁路就这样挣扎着向前延伸，最后竟然还到达了终点，其效果多少还算说得过去。其他国家也拿得出中非铁路方案，就像制订海军作战方案一样轻轻松松、随随便便。但是，这可是一条铁路，就像英国海军舰队一样，是一个"客观存在"，不是一纸方案，也不是白日美梦，而是钢铁铸成的存在，它穿过丛林，穿过平原，用汽笛打破了维多利亚湖的沉静，用兰开夏制造的"美国洋布"唤醒了赤身露体的原始部落。

好了，我们在蒙巴萨稍事停留，留下美好祝愿，对湖滨地区的富饶和美好前景赞叹一番，接着登上这条连接大海与大湖的铁路上路吧。第一感觉就是，这铁路多美啊！一切都井井有条。铁轨平坦、干净、结实，就如伦敦及西北铁路一样。每一根电线杆都有编号。每一英里、每一百码、每一个上下坡的地方都有标牌，不是那种招引白蚁的软木标牌，而是厚实的、油漆得清清楚楚的铁牌。日常的精心保养不断地改善着这条永久性道路的坡道和弯道，火车是舒适实用的印度式火车，运行平稳，如欧洲铁路上跑的火车一样。

不要以为这种高水准的保养维护没有公司当时的资金实力作为保障。在一个合理的时间段中并不指望做到的事情，乌干达铁路公司已经开始做了。这正在产生回报。公司的投资已经开始盈利，虽然利润还不大。按照设计，铁路铺到乌干达纯粹出于政治目的，那就是确保英国对上埃及地区的控制，然而，它已经产生商业价值了。按照最精于判断的人当时普遍的预期，每年的运行维护将导致亏损，但与此相反，公司如今的年利润已经高达将近八万英镑。这还只是开始，还只是盈利不大的开始，因为这条线目前只有干线，没有必不可少的支线，没有到达基林迪尼深水港的支线，没有构想中来往于湖区的轮船，最重要的是，还没有不可或缺的通往阿尔伯特湖的延伸线。

排障器上

左起：库里先生，马希先生，威尔逊上校，J.海斯-萨德勒爵士，丘吉尔先生。

我们可以把这条铁道线分为四个主要部分：丛林部分、平原部分、山区部分和湖区部分。湖区部分是这条铁路最基本的部分，也是全程中依地势而筑、造价最低的部分。一大早，我们在蒙巴萨火车站上车，在火车头排障器上的普通车的座位上坐下来，从这里看整个风景一览无余。一刻钟之久，我们一直行驶在蒙巴萨岛上，随后，火车经过一座长长的铁桥，跨过海峡，这才真正进入了非洲大陆。铁路在这片广阔的地区蜿蜒，不屈不挠地在陡坡上攀爬，大地展现着一座座桥梁，一道道山谷，不多时，我们最后看了一眼大海，看了一眼英轮"维纳斯号"在棕榈树顶上隐约探出的观测台，随即完全被丛林吞没。一整天，火车一直在往西爬坡，穿过掩映在茂密植物中崎岖不平的山坡。美丽的鸟儿和蝴蝶在树林和花丛中飞舞。透过棕榈树叶和裹满藤蔓的树木的空隙，远处河水泛滥的深邃陡峭的山谷在我们下方闪过。不时，可看到逐年增多的橡胶园、种植园和棉田，这些产业尚处于初创阶段，总有一天会源源不断地满足欧洲对这些必需品那无法估量的巨大需求。

每隔几英里，就有一个整洁的小车站，配有水塔、信号设施、售票室、整齐划一的花圃，背后是密不透风的灌木。简言之，这条路是串联起秩序、权威和规划的科技文明的细线，从世界的原始混沌中划过。

傍晚吹起了清凉舒爽的风。潮湿的沿海地区被甩到了身后，随之而去的是那一幅幅壮观的景色和一股股热浪。到了海拔四千英尺的地方，我们开始拿赤道做笑料了。赤道那边有丛林，而这里是森林，一样的繁茂，但景色截然不同。丛林里有的是棕榈树，而森林里到处是橄榄。这里的景色更亲切、更友好，土地也同样肥沃。过了马金杜站之后，火车走出了森林。旅客来到了草原区。在这个季节，无边的绿色草原显得枯萎，泛着白色，等待着雨水的降临；一条条河流掩映在茂密的深绿色枞树和金雀花树林之中；傲然挺立的悬崖和山岭装点着原野，这一切构成了一幅崭新的全景画面。这是乌干达铁路呈现给欧洲人的美妙而独特的画面。平原上到处都是野兽。透过车窗，可以看到一群群动物在纵情嬉戏。成群的羚羊，有时多达四五百只的斑马大军心平气和地看着火车开过，时而在一百码开外奔逃，时而又回头观看。许多动物离铁路很近。拿起望远镜，四面八方全是这般景象，你可以清清楚楚地看到长队的黑色角马，成群的红色东非狷羚和南非狷羚，三三两两闲庭信步的鸵鸟，还有各种小鹿和瞪羚。斑马离得很近，肉眼就可欣赏其条纹。

我们到达了辛巴，这里是"狮子的王国"。平原上，旅客要是没看见一只甚至五六只狮子在较小的动物的敬畏的目光下高视阔步，那可是件毫无道理的事情。早前还有一个惯例，只要见到这威风凛凛的大家伙，旅客就会停下来，全部出动，有许多狮子作为战利品给抬上了煤水车，这一来，卫兵和司机等人根本来不及考虑什么时刻表、信号控制系统等限制定期班车运行的问题。稍远处，就在离铁路不到一百码的地方，暮色之中，我们看到十来只长颈鹿在稀疏的树丛中奔跑。在纳库鲁，六只黄色的狮子就在光天化日之下大摇大摆地穿过铁轨。这里见不到或者难得一见的动物只有犀牛。曾经有一只犀牛想和火车头比试谁的力气更大，但以失败告终；这之后，犀牛们只好伤心地把自己的活动范围限制在河床上。那些安静又无人打扰的地方在乌干达铁路沿线比比皆是，离铁路两三英里远而已。

为了让我们更充分地考察当地的动物，我们这节车厢在辛巴站的一条岔道上停了三天。在这里，一个最佳也肯定是最轻松的打猎方法，就是开着手摇轨道车在铁路上开来开去。火车和土著在这条大道上来来往往，动物们已经完全适应，一般不会太多注意；如果火车或轨道车停下来，就会立刻引起它们的警惕。因此，猎手必须趁车与伙伴们继续前进的时候溜下车，哪怕只有片刻耽误，猎物也往往已经跑到了两百五十甚至三百码开外。遇到这种情况，结果就只能取决于他使用步枪的枪法是好还是赖了。

第二天我们试了另一种方法，希望打到一只大羚羊，那就是到河床上的树丛中去寻觅。不到几分钟，你就完全掩埋在最蛮荒的树林中了。空气炽热而凝固，太阳仿佛在刹那间发威，热气在沙土空地和水坑上蒸腾。高高的茅草、巨大的乱石、盘根错节的荆棘丛挡住了去路，地面被雨水冲刷切割成最为稀奇古怪的样子。你的周围是齐胸、齐肩甚至比头还要高的非洲丛林，安静得令人毛骨悚然，打破沉静的只有鸟叫、狒狒的吠声，还有自己的脚踩在松脆的土地上的嚓嚓声。我们走进了野兽经常出没的地方，它们的脚印、痕迹以及吃剩的东西比比皆是。这边，一只狮子早晨曾经路过；那边，一只犀牛肯定来过，也就在不到一小时之前，说不定十分钟之前。我们蹑手蹑脚走过野兽走过的路径，

第一章 乌干达铁路

心惊胆战,子弹上了膛,不知道再走一步或者转过身去又会发现什么。即使有风,也是来去不定,一会儿吹向这边,一会儿吹向那边。所以,你闯进这片恐怖的地方,根本不知道这风会不会把你的行踪暴露给自己寻觅的野兽,甚至暴露给更为可怕的东西。最后,经过两小时挣扎之后,我们终于气喘吁吁地挤出了丛林,仿佛来自另一个世界,莫名其妙地发现自己距离铁路不过四分之一英里,那里有手摇轨道车、午餐、苏打水以及冰块等。

辛巴的犀牛

如果要在犀牛出没的开阔草原上寻找犀牛,那就必须走得更远了。第二天我们出发了。星星还挂在天空的时候,我们已经跋涉在夹住铁路、俯瞰更远处平原和山谷的山坡和山岭上。草很深，地面坑坑洼洼，堆满了火山石，天亮以后，我们才跟跟跄跄地登上一座视野开阔的山梁。我们在这里停下脚步，一边用望远镜查看前方的原野，一边拍掉蜱虫——这可恶的害虫无处不在，不计其数，横行于各种动物生长的地方，随时准备着把病毒传播给农民的牛羊。望远镜里没有发现我们要找的东西。平原上远近都是成群结队的斑马、角马和东非狷羚，就是没有犀牛！于是我们继续跋涉，想要绕一个大圈。一个小时之久，我们什么也没发现，正打算赶在烈日当顶之前回去，突然看见最近的山坡上出现三只漂亮的羚羊，身躯高大，颜色很深，顶着长而弯曲的犄角，它们正在找水的路上。我们追向前去，蹑手蹑脚，沿着河谷小心地前行，希望在河边拦截它们。我们还没赶到河边，两只羚羊已经平安地过了河。第三只看见我们便转身往回跑，消失在山坡上，一刻钟之后，我们在坡顶追上了它，将其击伤。

冒险的经历总是从击伤猎物之后才开始的。在击中猎物之前，每一个人都走得小心翼翼，避开矮树丛的迎风面，小心地绕开芦苇丛，警惕附近的每一棵树，时刻左右观察。但是，一旦猎物几乎就要落入掌中的时候，你就会拼命跑起来，毫不在意前方会发生什么意外。这只羚羊领着我们在乱石累累的山坡上跑了一英里多，时时给我们以希望，但又片刻也不给我们开枪的好时机。到最后，它带着我们绕过了一道山脊——就在那里，犀牛突然出现了。当时的感觉真是终生难忘。一片开阔的平原，白茫茫的枯草一直伸向石头毕露的低山。犀牛就站在平原的中央，大约五百码之外，现出乌黑的侧影。这哪里是二十世纪的动物，简直就是来自石器时代古怪、冷酷的独行侠。它平静地吃着草，它的上方，乞力马扎罗山白雪覆盖的宽广穹顶矗立在早晨清澈的空气之中，构成一幅亘古不变的画面。

在旷野中猎杀犀牛是一件绝对简单的事情。一般认为最好的办法就是在能看见犀牛的地方选一棵合适的树，作为回旋的中心。要是没有树，那就直接走到离犀牛最近的地方，除了顺风方向，随便哪个方向都可以，然后朝它的头部或者心脏开枪就行。要是击中了它的要害——这种情况时有发生，它就会应声倒地。如果打到其他部位，犀牛会疯狂地朝你冲过来，这时你要么再次朝它开枪，要么来不及开枪，这就要看运气了。

把这一切都谨记在心之后，我们开始了和这巨兽的战斗。我们朝它前进了大约两百码，这时，一个土著人的喊叫引起了我们的注意。我们急忙扭头向右看。就在右边不到一百五十步的地方有几棵小树，树下还站着两个庞然大物。要是我们往前再走几步，它们就会闻到我们的气味，朝我们猛冲过来。假如此时我们已经了结了和第一位朋友的事情，把它击伤，而它则愤怒地向我们冲过来……想想看这会是什么样的结果！幸好得到了及时的提醒，也就花了几分钟时间，我们悄悄地返回到山脊，翻过山包，躲到离这两个不期而遇的大家伙一百二十码的地方。我们很快就达成一致意见，先射杀第一只，然后再动另一只。在这个距离，要击中那么大的目标倒也不难，但要击中要害却没那么容易。我开火了。威力巨大的火药推动着子弹击中那重达一千二百多公斤的目标，撕开皮肤、肌肉和骨头，清脆的枪声传了回来。那庞大的犀牛吃了一惊，趔趄了一下，立刻朝枪击这边转过身来，然后径直朝我们冲过来，跑得简直跟马一样快。它的身躯如此庞大，动作如此快捷，着实令人吃惊，出于本能，它的目的明确无误。

对手冲了过来，这给我们的精神带来了巨大的震撼。大家都开火了。那笨重的畜生仍然奔跑不止，它仿佛刀枪不入，就是一个火车头，一艘巨大的蒸汽驳船，子弹打不进，不知疼痛，不知害怕。再过三十秒，犀牛就会扑到我们面前。我的心中仿佛升起了一道无形的帘幕，展现出一幅心灵的图景，画面上光线很怪，又静止不动，上面的物像有了新的价值，四五英尺外的前景上那一片白茫茫的草，似乎有了重要的意义。我枪膛里最后两发子弹肯定是那时射出的，子弹一直定格在那画面上，直到文明资源消耗殆尽。是时候做一点公道的反思了，我们毕竟是侵略者，是我们以残杀为目的无缘无故地把武力强加在这和平的食草动物身上。如果说人与兽之间有对与错这样的事情——谁说没有呢？——对的显然是在它那一面。就在我想这些的时刻，被现代武器打得晕头转向的犀牛猛然朝右转过身躯，侧身在我们面前奔跑，还是同样快速地一溜儿小跑。又是一片枪声，我装子弹的时候，有人说它倒下了，于是我朝较小那只犀牛开了枪，它已经在平原上跑开了一段距离。猎杀犀牛的过程都差不多，只是细节不同罢了，因此我不必占用读者时间叙述追踪、杀死这只犀牛的经过。我只想说，就精神的冲击而言，这样一次经历完全相当于长达半个小时、距离六七百码的遭遇战——冲击力甚至更大。在战争中，总有获得荣誉的使命、职责和期待，谁知道天黑之前谁赢谁输呢？但在这里，结果就是一张犀牛皮，一只犀牛角，一具犀牛尸体，秃鹫已经在上方盘旋。

第二章　肯尼亚山

内罗毕城是东非保护国[1]的首府，离铁路起点三百二十七英里，坐落在绿树成林的山坡上。之所以最初选择这个地方，是因为这里方便安置铁路建筑和维护所必需的大量装配车间和商店，但作为居住的地区，这里的条件并不合适。城市所在地地势低洼，饮用水水质不佳，环境基本上不利于健康。离这里一英里地势较高的地方，条件就要好一些。然而，这里已经稀稀拉拉地被政府部门、医院和军营所占据了。现在要改变已为时已晚，由于缺乏远见和全盘考虑，这给一个新的国家的面貌留下了永久的印记。

阿西平原上的动物也许比铁路沿线其他地方还多一些，我们的火车穿过平原，飞快地驶近了成排铁皮平房构成的城市。内罗毕是一座典型的非洲南部城市。要在二十年前，蓝胶树和石头房子还不多的时候，这里同彼得马里茨堡或莱迪史密斯没什么两样。如今，城市的面貌最像布拉瓦约[2]。人口的构成比例也和

---

[1] 东非保护国（East Africa Protectorate），也称英属东非（British East Africa），位于东非大湖地区。
[2] 布拉瓦约（Buluwayo），津巴布韦第二大城市，北马塔贝莱兰省省会。人口约43万。

第二章 肯尼亚山

南非一样。有五百八十个白种人,三千一百个印度人,一万零五百五十个非洲土著。就这些数据而言,店铺的数量就相对较多,足以为一大片区域的定居者和种植园主提供各种各样的必需品。内罗毕是皇家非洲步枪旅的司令部、乌干达铁路公司总部和配给站;同时也是政府所在地,政府官员众多。我应邀出席了殖民者协会举办的晚宴。在中非,这样的场面相当壮观,有众多身着晚礼服的绅士出席。总督为庆贺国王生日的舞会上也聚集了许多身穿漂亮制服的男士和盛装的女士,而不到十年以前,这里还是可以随心所欲猎捕狮子的地方。

皇家非洲步枪旅仪仗队

内罗毕的所有白种男人都是政治家,而且大多是党派领袖。

你几乎很难相信,在一个刚刚发展起来的城市竟然滋生出这么多相互冲突的派系,换句话说,这样小的群体的每一个派系竟然能够产生如此鲜明甚至激进的观点。在这个微缩的圈子里,充斥着严重的政治和种族分歧,以及各种水火不容的观点。白人与黑人、印度人与白人和黑人、定居者与农场主、城市与乡村、官员阶层与平民、沿海与内陆、铁路当局与保护国当局、皇家非洲步枪旅与东非保护国警方——林林总总的不同观点自然而然地产生了,方方面面都真诚而固执地坚持自己的见解,还没有融合为普遍接受的统一观念。到访的人面对的就是这样一种难堪的混乱局面。所以,匆忙选边站队并非明智之举。要形成哪怕是暂时的观点,也最好是对这个地方加以考察,考察它的特点与具体情况、优势与不足、客观条件与不切实际的幻想。

清澈的早晨,站在内罗毕之上的山坡上,可以清晰地看见一百英里开外的肯尼亚山的雪峰,那是掩映在闪亮白色面纱中陡峭的锯齿状高峰。从霍尔堡[1]出发,过塔纳河[2]有一条道路通向那里,虽然没有铺装硬化路面,但可供马车甚至汽车通行。沿途景观颇多。一片看似蛮荒实则肥沃的原野在起伏不断的山坡上展开,其间有无数掩映在葱茏树林之中的河谷。在宽广达数千英亩的大地上,有时有十来个殖民者的农场,有时只有一两个,农场主都慢慢在这里安家,以自己的生活方式生活着。有

---

[1] 霍尔堡(Fort Hall),殖民时期的肯尼亚中部小镇,现为穆拉雅(Murang'a)。
[2] 塔纳河(Tana River),长1000公里,肯尼亚最长的河流。

第二章 肯尼亚山

的人饲养牲畜，有的人种植咖啡。在这片慷慨的土地上，咖啡长得格外茂盛，竟到了加速其他作物衰竭的地步。这边是安静地待在一起的鸵鸟和牛羊，由一个十一岁的土著孩子看管。那边有一个设施完备的乳牛场。这条河流上已经筑了水坝，装上了发电机给内罗毕供电。另一条河流的岸上，有人正计划建一座宾馆。

去锡卡河营地途中汽车抛锚

在一个地方，我见到了来自曼彻斯特海敦的一家人，他们在面积达一万英亩的土地上勇敢地奋斗。近处，一位布尔老人静静地在自己的草房旁抽烟，为了逃离英国人的地盘，他驾着牛车一路北上穿越非洲来到这里，在邻近的一个保护国待了几个月，体验了政府宽松的政策之后，最终还是接受了英国的统治。他没什么牛羊，现金也不多，但对于狮子的出没之处，他可是了然于胸。他旁边就是那辆在大迁徙[1]中用过的已经倾斜的沉重的牛车——那可是走投无路之后的诺亚方舟。其他地方，动物很多，人口很少，定居的家庭与年俱增。总而言之，这里的人口居住分散，来自各地，谋生的手段各不相同，但是无论在哪里，人们都在辛勤劳作。资源不断减少，虽然经历过许多失望，但人们始终怀着希望，心态坚定而平和。在任何情况下，这就是进步的开端。

为我准备的宿营地位于查尼亚河与锡卡河交叉口一个景色非常美丽的地方。帐篷上涂过了沥青，平整的草地上搭起了遮阴的草棚。往南一百多码，一道细细的瀑布倾泻而下，冲向茂密高大的树林中的巨石。往北同样远的深谷里传来另一条瀑布闷声的轰鸣。在没有品位的实利主义者眼中，四千马力的能量就这样白白浪费在风景里了。

东道主——东非的殖民者最为烦心的事情，莫过于没能为自己的客人提供捕猎狮子的机会。他耿耿于怀，简直到了偏执的地步。他为自己未尽到待客之道、损害了自己定居的国家的声誉而深感自责。于是，如何发现狮子，发现之后又如何猎捕，这就成了大家交谈的永久话题。每一处地方，每一段旅程都有一个简单

---

[1] 大迁徙（The Great Trek），1836 年之后，讲荷兰语的定居者为了逃离英国开普殖民地的移民活动。他们乘坐牛车东行，进入如今的南非内陆。

第二章　肯尼亚山

的评价标准：有狮子还是没有狮子。这一次，在锡卡河营地，几位在这项大型运动上经验丰富的先生聚集在一起，准备好了矮种马、步枪、索马里向导等所有装备和人员。他们猎杀了几只斑马和东非狷羚，摆在容易发现的地方以吸引狮子。下午四点，不管天晴还是下雨，我们都要出发前去搜索狮子。

锡卡河营地狩猎队

左起：萨德勒上尉，里德尔少校，马希先生，甘多尔菲-霍尼奥尔德爵士，K. 丹德斯阁下，珀西瓦尔先生，丘吉尔先生，D. J. 威尔逊先生。

年轻的英国人，无论军官还是东非高地的殖民定居者，都是一身硬汉打扮。衣服极度精简：遮阳帽，敞胸褐色法兰绒布衬衣，袖子短至胳膊肘以上，薄薄的卡其布灯笼裤至少剪短五英寸，只到膝盖以上，再加一对绑腿——这就是全身行头，别的一概不穿。由于经受过日晒、荆棘和虫子的考验，他们的皮肤几乎像土著人一样黑，非常坚实，整天光着膝盖骑马都没事。这是真正的斯巴达式磨炼，只有优胜者才能生存下去。

以下是捕猎狮子的过程。首先是发现狮子，狮子可能是诱饵引出来的，从芦苇丛中赶出来的，或是偶然受到惊扰跑出来的。一旦发现目标，就一定要死死地盯住。三四个胆大的不列颠人或索马里人骑着多少经过考验的矮种马追着狮子奔跑，就像在印度骑猪一样，也就是说要玩命地奔驰——穿越乱石、坑洼、杂草、河床，穿过茂密的草丛、荆棘丛、灌木丛，迫使它转向，驱赶它东奔西窜，直到逼得它无路可逃。狮子本来不会自找麻烦的。人们说起狮子，往往口气轻蔑不屑。狮子的目的无非是保命而已。据我所知，要是你没带武器，意外地遇到六七只狮子，你只需厉声呵斥它们，它们就会走开，你再朝它们扔几块石头，让它们走快点就是了。这是所有最权威的专家都推荐的方法。

但是，被骑着快马的人追得东奔西跑的时候，天生好脾气的狮子就会冒火了。开始，它会朝自己的敌人咆哮，吓唬他们，叫他们不要惹事。然后，它会朝他们短距离扑几下。最后，在所有和平劝说方法都宣告失败之后，它会突然挺身而起，开始战斗。只要到了这一步，狮子就再也不逃了。它要战斗，要战斗到死。它冲过来是要和你拼命。一只狮子被枪伤逼得发狂，遭受长时间被追逐的折磨，尤其是母狮要保护自己孩子的情况下，一旦发起攻击，唯一可能的结果就是死亡。断手断腿、下巴粉碎、身体被从头咬到脚、肺部扎穿几个洞、肠子内脏流出来——这些都不算，必须是死亡——立刻而彻底的死亡——死的要么是狮子，要么是人，被它的毒牙撕咬，被它的利爪捶打撕扯，过后还有致命的感染，以确保死亡。这种胆怯而邪恶的动物就是这个习惯。

一般来说，要等到狮子被驱赶到"穷途末路"的阶段，才会请出伦敦来的运动员上场。我们可以想象得到，由于地面崎岖不平，而运动员又缺乏训练，还挎着沉甸甸的步枪，只能疲于奔命地跟在那些骑手的后面。他上场的样子，很像角斗士进入斗兽场那般场景，狮子已经被逼到绝境，其他人则恭恭敬敬地站在一边，准备帮助他，或者吸引狮子的注意力。如果他一枪将狮子击毙，他无疑有理由自豪。如果狮子只是受了伤，就会朝离自己最近的骑手冲过去。在四十码的距离内，狮子的冲锋比赛马的速度还快。因此，骑手们一般都在四十码开外等候。但是，有时候骑手没有躲这么远，有时候狮子看到了朝自己开枪的人，还有的时候老天才知道会发生什么事情，那就有故事好讲了——这是后话。

以上便是大概的情况，具体的例子就不需要讲了。读者也不必失望，我们要打的狮子躲过一劫，它本来必死无疑，无奈整个环环相扣的链条上缺失了一个。诱饵那里没发现狮子，只引来了一只肮脏的鬣狗。我们足足花了两个钟头，在茅草中折腾了三英里多之后才看到一只狮子——一只威风的黄色大猫，看上去足有小公牛那么大——它跑上了对面的山坡。我们的骑手们像猎鹰一样冲向前去。然而哎呀！——但愿"哎呀"这个词能说得清楚——一道深邃不可逾越的峡谷横在面前，要绕很大的圈子、费很长的时间才过得去。就这样，狮子在众目睽睽之中消失不见了，我们退而求其次，开始了缓慢而枯燥的追踪其脚印的过程，一小时又一小时在齐胸高的起伏的茅草中穿行，时时刻刻期待着踩到它的尾巴，而时时刻刻都是同样的结果——失望！

锡卡河营地驿站

第二章　肯尼亚山

威尔逊上校猎获的狮子

下午，我得骑马去一趟霍尔堡，那里有一场盛大的活动，有许多吉库尤部落酋长、数千部落勇士和妇女。那地方和前一天路过的地方差不多，但更绿、更平坦，也更赏心悦目。霍尔堡并不是军事意义上的要塞，那里有围着壕沟的地区专员公署，一座监狱，几座房屋，还有一个印度人开的市场。这个地方的位置选得不太好，坐落在山坡上，不在铁路边，总之不大适合居住。整个地方挤满了等待着跳战舞的土著，他们赤裸的身体上绘满了浓厚而精致的文身。

仪式在第二天早晨举行。离天亮还很早，鼓声、号角声以及节奏强烈也还算悦耳的高声吟唱足以把睡得最沉的人唤醒。八点，仪式开始，要塞前面的整个地方挤满了赤裸着身体、涂满颜料、插着羽毛、不断旋转的人们，他们汗流浃背，来回跳个不停，不时朝两边分开，让酋长们带着自己的勇士上场，把作为礼物不停挣扎的牛羊抬上前来。戎装打扮的吉库尤武士，尤其是马萨伊武士的形象即使算不上震撼，也确实很有特色。他们的头发和身体上涂抹着当地的红土，那是用本地非常丰富的蓖麻植物黏液混合而成的染料。头饰非常奇特，有的是鸵鸟羽毛，有的是金属或者皮革；胳膊和腿上缠着一圈圈铁丝，一道道白色的黏土抹在红色的颜料上；有的戴着老式高帽甚至某种欧洲装束，与豹皮

基安布欢迎仪式

和牛角混在一起显得很不协调；涂有颜料的宽阔的牛皮盾牌，包着白铁皮近四英尺的长矛——这一切构成一幅光怪陆离的图景。人们本来想用稀奇古怪的装饰极力把自己装扮得恐怖狰狞，结果适得其反，他们跳跃的形体有一种健康的优雅，简直堪称青铜雕像。酋长们反倒屈尊纡贵，打扮得更像普通人。哪怕是一件破烂的旧上衣或者破裤子，哪怕是一件褪色的破军服、顶上残留着羽毛的松松垮垮的遮阳帽或者破雨伞，都足以诱使他们放弃鸵鸟羽毛和豹皮披肩。与古老传统装束的武士们相比，酋长们显得可笑而卑微——更像最普通不过的扫地的土著，而不像人多势众、实力强大部落的世袭首领。

东非的黑人崇尚文明的服饰，这无疑是件好事。通过这种最实用最淳朴的爱好，可以大大增加他们的需求，激发他们的欲望；通过这种同化，他们的生活将逐渐变得更为复杂，更为丰富，可以减少一些动物的野性，也可将其经济效用提升到更高层次。但是，对这种新的动力，也很有必要在妥帖而恰当的范围内加以安排和引导。政府在服饰方面加以干预会有风险。但是，如果统治者和被统治者之间在知识和科学上隔着一道不可逾越的鸿沟，如果当局要打交道的仍然是陷于赤贫的土著民族，他们没有宗教，没有衣服，没有道德观念，但是愿意摆脱这种状况，也有能力摆脱这种状况，政府冒这样的风险是值得的。政府可以对酋长规定或者提供合适的服装，供其在庆典场合使用，然后逐渐地鼓励，最后更为审慎地规定让全体部族接受这种服饰。

在舞蹈之后，东道主安排我去塔纳河岸欣赏肯尼亚山的景色，然后在天黑之前返回锡卡营地。但是，塔纳河对岸壮丽的原野的全景展现在我们面前之后，我实在没有办法就这样离开这片生机勃勃的土地。于是，我决定抛却午饭、行李这些物质上的考虑，过河前往离霍尔堡二十八英里的恩博——这条路上最大的贸易站。我们上了渡船，拉着淹没在激流中的绳子过了塔纳河。我们的马匹则游过了这条水深、湍急汹涌、宽达六十码的红色河流。河对岸的原野实在壮阔优美。肯尼亚山一直位居画面的中心。但是，没有哪一座山在高度上像它这样低调。它在漫长的山坡上缓缓上升，不像一座山峰，更像广袤的高原上巨大的隆起。坡度非常平缓，如果不是顶上突然冒出的白雪覆盖的岩石，谁也不会相信山峰高达一万八千英尺。由于山势平缓，这座雄伟的大山具有巨大的价值：广阔的山麓和斜坡上，流淌着数百条清澈、长年不断的河流；在连续不断的同心圆地带上，生长着适合赤道至北极所有的作物和树木。肯尼亚山的景色是一流的。风景美丽，土地肥沃，生机勃勃，空气清凉，水量充沛，肥沃的红土壤，多样的植物，肯尼亚山在种种方面都远远超过我在印度和南非看到的山野，简直可以和欧洲最美丽的山野相媲美。看到肯尼亚山，我赫然回想起不久前去过的意大利波河上游地区。

一整天我们骑马穿过这赏心悦目的原野，道路养护得很好，平整得可以骑自行车，只是不时要经过简陋的桥越过一条条河流。道路两旁的土地已经开垦，长满了庄稼，这里居住着众多勤劳的人。经过一次规模不大、多少流了一些鲜血的军事征讨行动之后，塔纳河这边实施了常规的控制，这才仅仅一年时间。然而，由于部落间的战争停止了，如今这里非常和平，白人军官甚至不带手枪就可骑马在他们的村庄中穿过。一路上见到的土著人都佩着剑和矛，他们都习惯性地向我们致意，许多人还微笑着走向前来，伸出他们修长、湿润、光滑的手，要和我们握手，搞得我应接不暇。说真的，这条路上唯一的危险就是本地区泛滥成灾的野水牛，会对过夜的游客造成真正的威胁。由于这个原因，加之一大早以来我们每人只吃了一根香蕉，所以，在太阳落山之时我们走上另一座山坡，终于看到了恩博的房子，这时，我们真是太高兴了。

恩博只有五个月历史，是一个标准的行政中心——一座三间屋的小房子，供地区专员居住；另一座房子，一间供军事长官居住，一间做办公室，另一间是小小的监狱。两座房子都用砌得整整齐齐的石头建成。有两家印度人开的瓦楞铁皮搭建的商店，还有七八排隔成许多房间的长长的茅草屋，可供一百五十名士兵和警察居住。在这个电报也不通的行政中心，住着两名白人长官，一名文职，一名军人，他们维持着面积和英国一个郡一样大的地区的和平与秩序，管理着约七万五千个土著的行为和命运——这些人以前只知道暴力和恐怖，不知法律为何物。两位长官看见四个人骑着马沿着弯弯曲曲的小路走近他们的房子，大为吃惊。可吃惊归吃惊，他们照样殷勤好客。不多久，我们这一天饿着肚子的跋涉就得到了最丰厚的犒赏。

在黑暗笼罩大地、抹去雄壮的山峰和镶嵌着一朵朵云彩的火环之前，我还有一点时间在附近转一圈。监狱只有一间屋子，有隔栅，上了锁，里面看不见一个囚犯。我询问囚犯在哪里，经指点，我看到了空地上围着火堆坐着的两小群人。一根细细的铁链把他们串联在一起，在附近辛苦地干了一天杂活之后，他们一边做晚饭、吃晚饭，一边平静地闲谈。监狱只是他们晚上遮风挡雨的地方，布置无疑很粗陋，但是，和英国为犯人精心设计的阴森可怖的牢房相比，哪个更为野蛮呢？

非洲保护国现在归殖民部管理，这里可以为热情聪明的年轻人提供施展才华的宝贵机会。一位二十五岁的年轻人可以很容易管理一大片土地以及众多的人口。政府刚建立不久，还没有形成印度那种高度集中、非常严密甚至严密得过分的层级分明的行政系统。政府也很穷，没有那么多钱实施面面俱到的管理。地区专员必须自己做决定，靠行动来决定自己的业绩。由于热带疾病常常造成许多职务空缺，而且官员们也必须经常回英国以恢复健康，所以这里的最高长官往往不是地区专员，而是常常代行其职务的下级职员，他甚至还要代行其他人的职务，有时长达一年甚至更久。土著只要有了任何麻烦、纠纷和纠葛，每天都会来找他处理。他们越来越喜欢法庭不偏不倚的裁决，所以越来越多地把各种各样的案子交到地区专员法庭上来。生了病，他们会来讨药。打架受了伤，他们会来找白人给他们包扎。他们没有专业技术、疾病和意外事故得靠官员的经验来对付。没有律师，他也得主持法庭，处理法条上的事务。收税靠的是个人的影响。维持和平，只能依赖个人的威望。

所有这些很不错的职位以及其他职位，二十多岁的年轻人经常甚至每天都有机会得到，而且总的来说他们工作的效果也相当令人满意。我们非常高兴地听了东非保护国的官员们讲起他们的工作，这些官员怀着理解和同情，把自己当作土著权益的保护者，而不是只知道剥削这个国家和民众的人。只要在吉库尤部落中稍微转一转，你就会油然喜欢上这里那些即使有些野性然而开心、听话的孩子，你会觉得孩子们可以教化，可以摆脱这种愚钝的现状。仅东非就有四百万土著。我认为，保障他们的利益是英国政府重大的、不可推卸的责任。倘若英国政府放弃对这些土著民族的公正而严格的管理，任凭他们的命运由少数贪婪自私的白人摆布，那对这些土著民族将是非常可悲的事情。这种情形无疑还非常遥远。然而，投机分子、种植园主以及定居者已经在敲门了。应该做的事情很多，都是善良、明智、科学、合算的事情。如果政府拿不出钱来开发这个国家的自然经济资源——修筑道路，兴办企业，那又有什么理由干涉私有企业的入侵呢？又怎么能够阻止白人的进入呢？如果说这些事情都该做，那又该等多久呢？目前在东非，区区三千白人就能闹出那么大的动静，如果有了三万人，那又是什么样的情况呢？也许在下面的篇章里我们会回到这些问题上。至于是否能得到答案，我很是怀疑。

当晚，我们讨论了一个简单得多的话题。保护国的高等法院下令恩博地区专员重审他几个月前审结的一件刑事案件，理由是关于案件处理过程的报告中有一处不规范，这引起了核查官员的注意。我们当中有人指出，被告和他的族人并不能理解重审的意义，也没有人向他们做过解释。所以他们会困惑不解，并对统治者的信任可能因此而降低，这也会造成没完没了的实际困难——例如，在散居在一大片地区的村子中召集证人，第二次传唤会在他们中间引起不安，因为这来自于称为"政府"的陌生而神秘的力量。然而，这一切麻烦都起因于一个只有律师才能察觉的错误，而且是一纸报告上的错误。与我们同行的一位年轻的文职人员打趣："有人忘了在适当的地方写'波'。"我问过了，"波"这个字其实具有实在的意义。审判报告中没有提到给了被告和对方证人对质的机会。因此，虽然案子事实上已经审结，但是仍然不能成立，因此发回重审。

在这一点上，又产生了一个如何评估弊端的问题。在评判直接释放和重审哪个更有利这个问题上，我倒完全赞同重审。在治理人这个问题上，我认为最要紧的莫过于严格甚至刻板地遵守规定的程序，根据程序判定被告有罪或者无罪。设计这些程序的目的就是为了保护犯人的利益，这不仅可以避免诚实的法官因遗忘而所产生的后果，也可以避免惯常的随意以及可能的迫害。一旦容许随意解释程序，整个法律体系都会开始崩溃，随之逐渐产生一种简单粗糙的管理方式，其效率和公正性完全取决于负责人的人品和知识。在管理最低层次的土著民族这个问题上，有必要赋予管理者以权威，也同样有必要对其权威加以清晰的界定，最为重要的是，要把被告人的基本权利置于我们国内称之为"公平审判"的首要位置。在土著人眼中，管理者的权威来自于最高的神秘力量，这也并不是什么坏事。在部族人看来，他们的统治者无所不能——掌管军队和警察，决定惩罚与奖赏，然而如果统治者本人也要服从某种遥远的外在力量，他们就会觉得这种力量不可思议，进而不知不觉地赞叹其伟大。这一来，虽然直接统治者本身非常强大，但由于其背后和上面还有巨大的支持力量，直接统治者的权威于是得以强化而不是削弱。在这个问题上和其他问题上，每个人不必持相同的观点，即使律师也不总是明智嘛。

一大早骑马回营地的路上，我们经过了一个斯瓦希里村庄。这些穆斯林深入到非洲东部各地，居住范围很广。由于信奉强势宗教同时又具有阿拉伯血统，他们毫不费力地定居下来，生活水平也比周围的异教徒土著高出许多。他们的语言在世界各地成了一种通用语。他们是很受欢迎的商人，很受尊敬的斗士，也是所有部落所畏惧的巫师。前一天，他们的可汗请我们吃了香蕉，还一个劲地表达歉意，说因为没想到我们会造访，所以没有准备"欧洲饭菜"。今天，这一切都要弥补回来。村里的男人们，五十个左右吧，安静地出来迎接我们，他们的白色长袍与围在四周涂满颜料赤身露体的野蛮人形成强烈的对照。可汗牵来一匹脾气暴躁但健步如飞的白色阿拉伯公马，换下了我那匹疲惫的矮种马。然后，他送上了茶水，还有一大罐混合饼干，这是他连夜派几个随从买来的，他的殷勤好客实在无可挑剔。

我们与可汗吃喝聊天的时候，一位吉库尤酋长骑马带着座椅、阳伞、卡其布遮阳帽还有其他行头来到现场，随行的有大约一百个羽毛盛装的武士。为了表示敬意，他们立刻跳起了战舞，一刻钟之后，我们告辞，他们还在随着单调的合唱转着圈，来回蹦跳，长矛颤颤巍巍，羽毛前后摇晃；与此同时，身着白袍的斯瓦希里人则严肃地站在一旁，以东方人庄重的礼节向我们道别。我思考着把这两个民族分开的鸿沟，以及数百年来为了社会进步所付出的代价，我不知道把现代欧洲人和这两个民族隔开的那道鸿沟是否更宽、更深。对这个疑问，我没有得出任何肯定的结论。

我们去恩博的旅行非常愉快，一点也不为先前没有选择其他线路而后悔。然而，经历了五十英里疲惫的骑行，太阳落山时分我们到达了锡卡营地，这时，我看到的第一件东西竟是一张摊在地上的狮子皮，威尔逊上校正忙着往上面撒砒霜粉。他们给我们讲了事情的经过。事情大概是这样的，他们骑马经过一片长长的芦苇荡，有一只狮子跳出来，斜着冲过了猎手们排成一行的队伍。威尔逊开了火，狮子跳回了芦苇丛，大家又是扔石头，又是喊叫，又是开枪，无论怎么折腾狮子就是不出来。过了两个钟头，他们肩并肩走向前去，很是幸运，他们发现狮子已经死了。

朋友们安慰我说,听说在另外两个地方发现了狮子,我们第二天早上一定能找到。第二天,我们在芦苇里钻了三英里之后发现,他们所说的很有根据。我们看见一只巨兽在草丛中飞快地跑来跑去,大家都说那肯定是狮子。最后,离那地方只剩一片芦苇丛的距离了,我们摆好阵势,指头扣着扳机;离芦苇丛边缘只有大约六十码距离,驱赶野兽的助手们震天价吆喝,敲打着铁皮罐子,勇敢地向前挺进。结果真是太可笑了——冲出来的居然是两只庞大的疣猪。大家可别小看野猪的勇气。这两只巨大而凶猛的公猪从最后的藏身之地被驱赶出来,它们勇敢地猛冲出来,獠牙闪闪发光,尾巴竖直——它们就戮的过程如国王般气派。除了这两只,我们返回的路上又用手枪打死一只,我也只好知足了。我现在可以用路透社新闻那煽情的笔法悲哀地写道:"没有把狮子'收入囊中'。"

第三章 东非高原

在内罗毕,"肤色"已经成了最主要的问题。殖民者协会在任何场合都刺耳地高喊着"我们要把东非建成一个白种人国家"。这真是一个庞大而雄心勃勃的目标。但是,第一眼就可看出,这似乎很难实现。在这片土地上,白种人不到两千五百,而土著黑人却在四百万以上。东非能成为一个白种人国家吗?就说高原地区吧,虽然这里有凉爽的微风、温暖如春的气候,但这里能成为一个白种人国家吗?这不可能,如果这是指加拿大或者联合王国这样的白人国家——也就是说,居民全是白人、以白种非熟练劳动力为经济基础的国家,那么在这里肯定行不通。

东非高原的居民全是欧洲人,没有土著居民,即使想象一下都没有意义。这种想法根本不可能。不管将来白种人口增长有多快,可以有把握地说,只要土著居民没有饥荒,没有内战,白种人口的增长与土著居民的成倍增长就完全不成比例。即使这样的想法可行,这也多半是那些叫嚣"白种人国家"的人最不愿意看到的。要知道,土著黑人的存在根本不会损害白人定居者以及商人的利益。大家都承认,我们愿意非洲人留在他们自己的国家。

在非洲人和新来者之间还没有也不可能产生竞争。非洲人的活动范围完全不同，因为白人根本不愿意干黑人所干的活，白人背井离乡来到这里不是为了干苦力的。从土著人现阶段的发展状况来看，他们也不可能在需要技能的工种、工业组织管理这些方面取代白种人，即使可能取代，这也是他们最不愿意的。

棕色人种才是竞争者。欧洲人既不愿意也无能力在东非这样的地方培植出白人无产阶级。在欧洲人的观念里，黑人就应该当士兵，士官和指挥官必须是白人。不应该简单地把这种观念斥之为种族的傲慢，这是不争的事实。如果一个社会建立在低等种族的体力劳动的基础上，这本身就是一个严重的缺陷，许多矛盾和危险就由此产生。但是，什么是第二层级呢？如果一个白种人社会要以欧洲人一直争取也基本上达到的生活标准年复一年地生存下去，其经济体系中的中等阶层必须能够为这个白种人社会成员提供养活自己及其家人的谋生方式——例如，技术人员、种植园主、商人、农民、银行家、监工、承包商、建筑工、工程师、会计、职员，等等。这在亚洲尤为突出。这个阶层中，从事任何职业的人每月靠几先令就能活下去，其勤奋、节俭、敏锐的商业才华等素质使其具有一种经济优势；倘若经济优势是最终的决定力量——世界史上从未有过，将来也不会有这种情况——那么这个中产阶级中从事任何职业的人必然会在很大程度上把白人从这个阶级排挤出去，就像褐鼠在英国土地上无情地彻底灭绝家鼠一样。

那么,这会产生什么样的结果呢?在这片英国治理下的新土地之上,我们费尽心机要建立什么样的社会组织呢?现在没有白人工人阶级,将来也不会产生白人中产阶级。剩下的空间就完全留给了资本家——姑且这样说吧。一支庞大的非洲人劳工大军,由受过教育的印度人或者中国人统领,由来自各国利用国际资本的少数人进行操控——这就是折磨南非白人的噩梦。对此,东非现在为数不多的白人已经开始感到恐慌了。

再来看看另一种观点吧。英籍印度人的主张是什么呢?他们的人权、他们作为英国臣民的权利都要得到保证。在征服这些东非国家并维持其和平的过程中,锡克族战士立下了汗马功劳。印度商人深入到各地并且立下足来,而这是白人都不愿意去、去了也无法谋生的地方。完全是印度商人开辟了初期的商业,建立了简易的交通通道。是印度劳工建起了一条百业为基础的重要铁路。是印度银行家为商业和产业提供了绝大部分资金,而白人定居者也乐意找印度银行家寻求资金支持。印度人来这里的时间要比白人官员早得多。白人定居者,尤其是最近从南非迁来的为数不多的白人在这里定居了多少年,印度人在沿海与内陆地区开办实业就有多少代。然而,反对印度人最为激烈的恰恰是刚从南非迁来的白人。一个对真诚的人际交往有起码尊重的政府,难道有可能奉行一种政策、蓄意把已经在这些地区诚实地安身立命的印度人驱赶出去吗?最后我们要问,对于统治着我们印度帝国三亿人口的政府来说,这样的政策行得通吗?

第三章 东非高原

我们面临着这样一个让各方都失望、各方都希望调整而又毫无希望克服的利益冲突问题。这些问题不仅存在于东非或者南非。一系列的新问题已经产生了，随着大英帝国的历史进程不断展开，这些问题将会越来越大，越来越严峻。这些问题来自于几乎完全陌生的领域，而我们对这些问题的认识又很狭隘，这会在各方面阻碍我们的进步和眼界。亚洲劳动力、商人和资本家参与产业和企业与西方世界竞争，甚至直接进入西方世界，这是一个新的、最为重要的事实。廉价、快捷和便利的交通，陆地和海上和平秩序的建立，全人类和全世界所有国家日益增长的相互依赖，这些都激发了亚洲人的商业雄心，促进了亚洲体力劳动力的流动，这是世界有史以来前所未有的事情。

除非科学地、恰当地控制和融合人类经济生活中这些新的因素，否则亚洲人和他们所取代的欧洲人都会遭受严重的威胁。一方面，大量生活环境恶劣的亚洲工人有可能受到剥削，这对雇主是道德上的损害，对受雇者则是伤害和苦难；另一方面，这将颠覆欧洲人长期艰苦奋斗才得以实现的生活标准。除了这些情况，我们还必须预见到，血统、生活方式和伦理道德的混杂只要达到一定的程度，将会导致现存社会秩序的崩溃。接踵而至的，就是暴民或者专制帝国诉诸武力，以野蛮的方式来解决这两个不可调和的利益方谁占上风这一讨厌的问题。如果一个陆海军事强国的臣民不断地遭受刑法和公然暴力的侵害，就很难估量这将在国际关系中引起多大的政治动荡；如果白人工匠相信自己本来可以用拳头将竞争对手击倒，而对手竟然利用白人掌握的法律让白人工匠接受灭亡的命运，这将在国际关系中引起多大的政治动荡，同样难以估量。

然而，我觉得，亚洲人以及非洲土著人具有巨大的能量，能够为世界的幸福和物质进步做出巨大贡献。如果没有他们的积极合作，辽阔土地蕴藏的潜力就不可能得以发掘，无尽的收获将付诸东流。只有他们能够修筑公路、铁路和水库。没有他们的帮助，矿山和森林只能永远沉睡。热带非洲的辽阔大地敞开着，欢迎东方人开拓并参与组织。只要我们能解决这个最新的斯芬克斯之谜，西方将源源不断地获得现代工业迫切需要的所有新原材料。

难道我们就没有办法找到一个哪怕并不完美但切实可行的解决方案吗？以目前的政治智慧和社会组织能力，根据各种族的实际能力划分适当的领域，这应该不是克服不了的困难。列强已经瓜分了非洲的土地，难道人类竟没有智慧在经济上对其加以划分吗？开发如此巨大的资源需要许多民族的合作，难道就不可能为这样的合作制定全面而细致的规划吗？白人在一个地方可以生存发展，换一个地方他就活不下去；你在这里可以找到机会，而在另一个地方机会就属于别人。世界足够大啊。（这些感受是我在尼罗河上写下的，那是在阿尔伯特湖以北，没有人烟，土地美丽、肥沃而辽阔。）所有的人都有足够的空间。我们为什么不能妥当地加以安排呢？

必须注意到，从英国的角度来看，亚洲移民的问题有好几种明显的表现形式。首先，有些殖民地建立在白人无产阶级的基础之上。这里的居民无论贫富，无论雇员还是雇主都是欧洲人。这些殖民地有权禁止大量的亚洲人涌入，有权使自己免受亚洲移民必然会带来的种族冲突和经济动荡，这种权利无可否认，虽然这种权利的实施无疑应该受到小心谨慎的控制。但是，这些殖民地显然不同于那些主要人口是黑人而不是白人的殖民地。同样，还有些殖民地建立了负责任的政府，这些殖民地的白人中产阶级人数大大超过了亚洲移民。显然，这些殖民地的地位完全不同于东非和西非那些热带保护国的地位。

毫无疑问，好几个南非殖民地和所有澳大利亚殖民地政府将会拒绝大量英属印度移民，无论这是否明智，是对是错，都可以认为，这一事实本身使得大英帝国政府更有必要在热带保护国的企业开发和殖民项目上向印度斯坦提供进入渠道和机会。我已经提到过，这些地区实在很大。这些高原地区本来就可以为白人提供安身立命的机会，他们靠自己就可以安居乐业。因此，作为一项实际的行政措施，完全没有理由不把这些地区大体上划给白人。只要亚洲人不把非洲人教坏——千万不能忘记这种可能——如果亚洲人愿意在这片天生就适应的广阔富饶的热带地区经商、定居，就没有理由不对其加以鼓励。我不想武断地下结论，但便捷可行的正确政策大概就在这条思路上，在科学和宽容精神指引下，我们要找到对策应该不难。

在思考这些问题的过程中，我又想到了远非内罗毕政治能够解释的问题。我又匆忙回到开始那个问题："东非高原地区可以变成'白人国家'吗？"让我们从一个新的角度来查考这一问题。你骑马或步行穿过高原地区的山谷和辽阔的高地，清风让你心旷神怡，听着河流的乐音，饱览自然的美景，一种迷惘不解的感觉油然而生。这样的地区为什么没有成为发达、健康、自由的优秀种族的家园呢？既然铁路已经打开了大门，而关于东非高原的报道又如此之多，为什么没有一条汹涌的移民之河从拥挤肮脏的欧洲贫民窟涌进这里呢？而最让人不解的是，那些已经来到这里的人，那些开拓者，那些精力充沛、敢于冒险、雄心勃勃而且结实有力的人，为什么在许多情况下他们竟然仅仅满足于生存呢？为什么这个人数很少的阶层竟然普遍地感到委屈、不满甚至沮丧呢？

我向来有一种由衷庆幸的感觉，因为自己从来就没拥有一寸那种被称为"土地"的奇怪的商品。但是，平生第一次在东非高原旅行期间，我承认自己领略到了对土地的渴望是一种什么样的感觉。在这片广阔美丽的土地上，只要在露天勤劳地劳动和创造都会带来丰厚的回报，我们可以压抑在这片土地上打下自己的界桩的欲望，但不可能不产生这样的欲望。这里到处都是几乎没付出任何代价就拥有数千公顷肥沃土地的人，他们拥有高山、河流和森林，他们都在挣扎，都在烦恼，都很紧张不安，许多人失望了，有些人绝望了，还有些崩溃了。

第三章 东非高原

掩盖在无限希望的面纱后的这片土地的真实面貌是什么？难道这片土地的形象没有挂着愚昧可笑的标签吗？难道它光明和凶险的面貌不是你亲眼所见的吗？"我第一次看到这片土地的时候，"一位殖民者告诉我，"我就爱上了它。我在澳大利亚诸事顺利。我在新西兰发过财。我很熟悉南非。我以为自己最终找到了'上帝的自留地'。我给所有的朋友写信，催促他们过来。我为报纸写过一系列文章，赞美这里壮丽的美景和宜人的气候。在我的最后一篇文章登出之前，我的本钱几乎花光了，我的栅栏被成群的斑马踩翻，我带来的牛羊死得干干净净，我的地契还锁在土地注册处，我本人差点儿死于一次高烧。那之后，我就只有听别人歌颂东非之荣光的份儿了。"

毫无疑问，他后来的想法是错误的，第一印象的过分乐观和过后的极度失望同样是错误的。东非这枚闪亮的勋章还有一个残酷的背面，无论站在移民的利益上还是东非的利益上考虑，都不应该掩盖这一事实。不要说东非，即使在东非高原地区，一个欧洲人要把这里作为自己永久的家园，也就是说，他能一直住在这里，熬过十五到二十年明显的艰难时期而不返回自己的故土，这还是远远未经证明的事情；至于他能够在这里繁衍生息达几代人之久，这更是未经证明的事情。尽管这里空气清新，但人们千万不要忘记，五至八千英尺的高海拔是一个很不利的条件，这会对神经系统、大脑和心脏产生尚不明了的影响。这里虽然凉爽，但别忘了这是在赤道。虽然天空是那么清澈迷人，如絮的白云，说来就来的阵雨，但是，一年四季几乎垂直的阳光照射着人类和牲口，这对毫无遮挡的白人是多么可悲啊！虽然牛羊繁殖非常迅速，虽然引进牲口进行杂交能够大幅提高每一代的品质，但它们也面临我们知之甚少甚至毁灭性的风险。如果多愁善感的游客看到这里的风景，联想到家乡那更温和的地方的种种美景，他还要记住，这里滋生着剧毒的爬虫、传播瘟疫的虫子和可怖的食肉动物。

然而，没有理由怀疑现代科学已经或者将会发现减轻甚至消除这些灾害的方法。随着这个国家的发展以及热带农业和热带疾病科学研究的进行，困扰早期定居者的种种困难将逐步得以消除。人们将学会如何穿衣，如何建房，种什么作物，养什么家畜，还有哪些东西应该设法避免。东海岸热，这种疾病通过蜱虫在牛之间传播，由受到感染的牲口带到其他地区，但这种疾病通过建造合适的铁丝网篱笆进行隔离得到控制。我们将会发明治疗各种羊、马疾病的药物。斑马、犀牛、野水牛及其他奇特迷人但带来种种麻烦的动物将从定居区域被驱赶出去，送到设立在无人居住地区广阔的保护区里。缓慢而稳定增长的白种人口将为本地农产品带来市场。最近设立的规模很大、设备先进的科学研究处、兽医处、林业处和农业处将为刚到这里开发项目的人提供指导和协助，使其避免重复前人受到的挫折。道路将得到改善，铁路和单轨电车的里程将越来越长。生活将变得更加安全，生活方式将变得更加轻松。然而，纯粹血统的欧洲人能否在海拔六千多英尺的地方、在赤道的阳光下繁衍后代,这仍然是个未经证实的问题。在这个问题得到证明之前,所谓"白种人国家"将仍然是一个白种人的梦想而已。

我已经讲过了欧洲人和亚洲人。那么非洲人又如何呢?东非保护国各个地区有大约四百万黑皮肤的种族,他们实际上或者部分处于政府的管辖之下。在保护国广阔而偏远的边境地区还有更多黑人。在改变国家未来的进程中,他们将起什么作用呢?这毕竟是他们的非洲。他们应该为国家做些什么,国家应该为他们做些什么呢?种植园主说:"土著人就是不愿意干活儿,特别是长期性的活儿。"其他人说:"必须逼着他们干活儿。"我们也想问一个简单的问题:"逼着他们为谁干活儿呢?"大家现成的回答是:"当然是为我们干活儿嘛。""你以为我们想说什么?"在这点上,我们又陷入一堆犀牛习性那样的问题了——它们笨拙、皮厚、牛角锋利、近视、脾气暴躁,受到惊吓就迎着风乱撞。土著人懒惰吗?难道他不是自食其力而且缴税吗?难道他无所事事,靠三四个妻子下地耕种、做苦力来养活自己吗?可以说他懒惰,也可以说他是一个赤身露体的天生的哲人,过着"简单生活",无欲无求,是人欲横流的社会中一位闲散绅士;如果从这个角度来看,他有懒惰的权利吗?难道这就没有别的问题了吗?难道文明仅仅意味着,只要非洲土著养活了自己,或者靠妻子养活自己,文明就不能对他有别的要求了吗?白人就应该做所有其他的事情。白人应该维持和平,确保部落的繁荣和生息。他虽然劳累、紧张而疲惫，还必须警觉而有远见，与饥荒做斗争。尽管为了生存而苦苦挣扎，白人还必须抵御瘟疫，治病疗伤。在这远离故土，甚至远离家庭的地方，白人应该伐树、挖井、筑坝、修路，由于加诸头上的诅咒，他这个欲望之子就应该"以额头上的汗水"殚精竭虑，而土著人这个无欲之子就在树荫下观看着白人，还以为他疯了。

把非洲土著人的命运与英格兰和苏格兰众多穷人的生活加以比较，这是一件感觉大地都在脚下颤抖的事情：一方面，非洲土著人安安稳稳地置身于自甘堕落的深渊之中，他富足，是因为他一无所有而又一无所求；另一方面，英格兰和苏格兰许多穷人却生活在漫长的噩梦之中，愁苦而困窘，肮脏而黑暗，仅存的安慰是折磨人的知识和遥不可及的希望。"绝不能让大量'低等白人'留在这个国家"，有一天我听一位绅士这样说道。"如果土著人知道我们国内还有那么悲惨的人，他们对白人的尊敬就会荡然无存了。"而在这一点上，事实恰恰相反。文明女神耻于当着野蛮人的面做出这样的安排，羞于让他们看到帝国那金光灿灿的紫袍后面藏着的黑暗，以免让他们觉得所谓无所不能的白人只不过是骗子。不过，这是题外话了！

我的意见很明确，一个人无论是谁，无论在哪里生活，他都无权懒惰。他必须站出来，诚实地承担起这个世界上他那一份劳动。我认为非洲土著也不能例外。讨论这些问题的人当中，绝大多数人都承认，土著人很勤劳，愿意学习，也有能力跟随大家一起进步。我在这里只待了几个星期,与皇家非洲步枪旅那些训练有素的战士和"乌干达"舰那些聪明能干的水兵交往甚多,把他们和他们的本族人做一比较,是一件很奇妙的事情。这些来自本地的士兵和水兵们多么强壮、多么温和、多么聪明啊!他们的白人长官是多么为他们自豪啊!护送游客的时候,他们尽心竭力地让客人满意,只要一句赞扬、一声道谢,他们就发自内心地开心不已!只需适当良好的训练、精心的教育、真诚的包容,就足以把东非很大部分部落的社会层次提高到远高于目前的水平上。为什么只能把人培养成战士呢?难道战争永远是最好的事业吗?为什么我们不能像对待使用致命武器的战争那样,让和平的事业同样迷人,同样具有高度组织性,对其进行同样细致的研究呢?拉斯金[1]曾质问:"为什么人们只是热衷于摧毁村庄,而不能以建设村庄为荣呢?"

我本来是想泛泛谈一谈内罗毕政治,不知为何这支笔不由自主地滑向了这些错综复杂的问题。但事实上,东非的问题其实就是世界的问题。我们发现,现代社会遭受的社会、种族和经济问题已经在这里出现,只不过以微缩的方式。整个社会机器就在旁边,我们应该研究其模型,这是因为在一个较小尺度上我们能够看得更清楚,还因为在东非和乌干达,其未来是不可回避的问

---

[1] 约翰·拉斯金(John Ruskin, 1819—1900),维多利亚时期英国作家、艺术评论家、水彩画家,著名思想家、慈善家,作品涵盖地质学、建筑学、文学、教育学、博物学、政治经济学等。

题。英国政府掌握着这些国家的未来，政府应该从远远高于内阁对付国内重大棘手问题的层次上着力促进这些新兴国家及其各族人民的发展，改变其命运。这一事实让人心情激动。说了这么多之后，读者已经对东非的政治有了足够的了解。经历三天的集体争论之后，火车开出内罗毕，把我们带向大湖以及更远的地方。

第四章　大湖地区

我们又一次登上乌干达铁路公司的火车出发了。从蒙巴萨到内罗毕沿途的风光虽然美丽而有趣，而与大湖之行那壮丽的风景相比则相形见绌。首屈一指的应该是东非大裂谷。按照地质学家的说法，地球表面这道绝妙的缺陷长达四千英里，从巴勒斯坦穿山过海，一直伸到坦噶尼喀湖南端，乌干达铁路穿越了它最壮观的一段。高地上绿树覆盖起伏的平原连绵六十英里，一直上升到六千英尺的高度。到了这个高度，高原突然近乎垂直地塌陷下去，深达两千多英尺。这道令人瞠目结舌的岩石和森林垒成的崖壁像一把尺子一样笔直伸向深不见底的地方，这就是吉库尤断崖。火车沿着崖壁上弯弯曲曲的斜坡小心翼翼地向下爬行，展开在眼前的是一幅壮丽的全景画。下方很远的地方，宽阔的东非大裂谷沐浴在阳光中，一直伸向朦胧的紫色地平线。谷底地势平坦，散布着一座座奇形怪状的火山和一个个支离破碎的火山口。对面的山崖时而棕色，时而蓝色，在远处时隐时现。我们就像在热气球上一样凝神俯瞰着平原，森林看上去就像一片片草地，大树就像一丛丛灌木。

从吉库尤断崖俯瞰大裂谷

一小时之后，奈瓦沙湖映入眼帘。这片水域周长约十英里，湖心露出水面的火山口形成一个奇特的弯月形岛屿。湖水是咸的，所以没有居民，但这里却是无数的野禽和许多河马的栖身之地。奈瓦沙湖有一个政府开办的牛羊养殖场。这里有大群的绵羊，有本地绵羊、一半英国混血、四分之三英国混血品种，等等。品种的改良令人惊叹。本地绵羊毛长，在外行人看来，这种羊的样子更像山羊。与苏塞克斯羊或澳大利亚羊杂交的后代改良成了常见的产毛羊。其下一代杂交种的样子几乎与纯种英国羊没什么区别，但更适应非洲的阳光和气候。牛的养殖情况也一样。第一代杂交种没有了非洲公牛背上隆起的肉疙瘩。第二代长出了英国牛典型的短角。开办养殖场的目的有两个：第一，培育最适合当地环境的品种；第二，为定居移民和土著源源不断地提供优良品种，三四倍地提高牛羊的价值。负责这项工作的人们劲头十足。但在目前，他们的业务受制于资金短缺以及必须采取措施预防东海岸热病这两个问题。第一个问题可以解决，第二个问题比较棘手。

海岸热病一年半以前从德国传入，那之后，虽然在目前有限的条件下尽可能采取了预防措施，但这种病还是逐渐在保护国慢慢蔓延开来。牛在染病三十天后死亡。这期间，患牛所到之处，大量的蜱虫受到感染。蜱虫携带病毒的时间长达一年。如果这期

奈瓦沙政府开办的农场

间有其他牛群经过，蜱虫叮在它们身上，便使其感染疾病。受到感染的病牛把瘟疫带给更多蜱虫，蜱虫又传给更多的牛，如此不断循环。每一个受感染的疫区，牛一头又一头倒下，把可恶的瘟疫传给吸血的害虫。

从这里，我们看到两条自然法则在同时发生作用：杂交牛羊把健康高产的生命在越来越大的范围里散布，染病的牛把死亡的噩耗传到四面八方。无论任何地方，只要任何一条法则产生作用，它要么成为生机勃勃的中心，要么成为死亡的深渊。两种现象都以倍增的速度稳步向前推进。土著人在迎面而来的死亡面前束手无策。如果任其肆虐，这恶魔必将吞噬生命，到头来牛群死绝，瘟疫也因为没有了受害者而同归于尽。在这危急时刻，来自农业处铁皮房屋那些具备推理能力的白种二足动物出面干预了。他们发现绵羊对海岸热免疫，如果在一个地方放养绵羊，蜱虫把毒素释放在绵羊体内之后，蜱虫就丧失了毒素，结果这个地方也得以净化。于是，他们拉起了数百英里的铁丝网把一片地方分成小块，就像战舰上的一个个分隔舱一样；他们隔离了受感染的地区，杀死了疑似受感染的动物；他们按部就班而且卓有成效地研制预防和治疗药物；他们一方面遏制病魔，一方面加快改良品种。就这样，他们在许多方面正在取得进展。

去维多利亚湖二十四小时可以走到，我和朋友们却走了四天，每天都有狩猎活动，还有公务，这期间，火车就在支线上耐心地等着我们。公务还真是少不了，因为总督和好几个政府部门的头

第四章 大湖地区

儿就在火车上,我们在一起认真激烈地讨论了好多棘手的问题。到火车站来见我们的人,有农民、测量员,还有其他人,有的来表示欢迎,有的带来的是抱怨,一个布尔定居者代表团过来说了好多对英帝国表忠心的话,伦布瓦和南迪部落的酋长带来了一大群武士,还有四位老婆簇拥下的巫医。我们排成一行,我一遍又一遍地致以简短而热情的答谢辞,我讲烦了,朋友们肯定也听烦了。

但是,到了埃尔门泰塔湖,那可是节日般快活。德拉米尔勋爵带着有篷马车、矮种马和猎捕野猪的钢叉前来车站迎接。我们坐上马车,前往到处是羚羊的广阔平原上搜寻野猪。我不

巫医的四位妻子

基苏木终点站

敢吹嘘自己在印度和东非都有过捕猎野猪的经历,也没有必要对这两个国家野猪的好斗习性和打猎的地形做一比较。但是,我觉得密鲁特帐篷俱乐部最能干的会员也会承认,若论东非疣猪的凶悍,乱石遍地、深草中遍布蚁穴的地势,这里肯定是打野猪绝佳的去处。这里狩猎野猪的活动刚刚起步,就连皇家非洲步枪旅的军官也很少人敢说自己有印度狩猎专家那般能耐。在东非,一切都在起步阶段。目前野猪是一种危险的害兽,对当地人的作物造成难以估量的危害,所以,采用任何手段,哪怕最艰难的手段消灭野猪,不但非常刺激,也是非常有益的活动。

第四章 大湖地区

我们遇到的第一只野猪是一个很威风的家伙,它跑得飞快,尾巴竖在空中,獠牙凶险地闪闪发亮,跑出了差不多三英里才被我们击毙。打野猪有风险,除非骑上全速奔跑的马,否则别想追上它,并用矛把它刺倒。地上到处都是坑陷,你得时时当心。至少在一百码的距离中,骑手必须时刻全神贯注地紧紧盯住野猪。它就在你前面几码的地方奔跑,随时都会回头冲过来。在这紧要关头,摔倒必然非常危险,疣猪肯定会攻击摔下马的骑手,而谁也躲不过这样的可能性。我不知道英属印度的猎手听了是否会瑟瑟发抖,但对那些想去东非打猎的人,我的建议是在腿上绑一把手枪以防万一。一位美国人说过:"你不大用得着手枪,而一旦需要,那可是保命的事情。"

我们度过了一个愉快的上午,骑马追赶野猪,顺便也搜寻大羚羊,打到了几只葛氏瞪羚和汤姆森瞪羚,人们一般亲切地分别叫它们"葛兰特"和"汤米"。埃尔门泰塔湖宽广而美丽,美中不足的是湖水是咸的。湖边,人们准备了宴会,请来的先生们有的来自德拉米尔勋爵的庄园,有的来自周围的农场。一长队牛羊分列道路两旁,排列秩序为:本地纯种、一半英国血缘种、四分之三英国血缘种、英国纯种。面对这样豪华隆重的排场,任何游客即使没有我那么饥肠辘辘,即使比我更加见多识广,也必定产生最浓厚的兴趣。我们穿过这气派的仪仗,走向餐桌,席间照例少不了讨论东非政治的话题。

下午晚些时候,我们骑马朝停在八英里外的铁路支线上的火车走去。途中，我们遇到了一只极凶猛可怕的野猪，它领着我们在灌木、草丛和乱石中好一阵跌跌撞撞。它跑到地势比较平坦、开阔的地方后，我一心要把它拿下，于是策马全速冲过去，我正想如何以最佳的手法下手，可还没等我的矛刺到它身上，这只野猪冷不防猛然转身像猎豹一样向我扑过来。幸好我的矛正朝它刺去，只听咔嚓一声——这让我的胳膊一个礼拜动弹不得——矛头扎进了它的头和脖子，深达十八英寸；它身上带着折断的矛头，只好转身跑开，又朝我的同伴猛扑一回之后，这才躲进一个深洞，无论我们如何诱导叫骂，它死活就是不出来。

过后，我们又猎杀了一只野猪，第四只野猪我们没能追上，到达铁路时天都快黑了。我上车后，他们平静地告诉我，就在一刻钟以前，四分之一英里远的地方，六只狮子穿过铁路。一位在埃尔门泰塔吃过午餐的定居者要骑马回家去纳库鲁，他临时借了一把左轮枪，正在装子弹，我送了他一些子弹。我想，东非也许有这样那样的缺点，但各种各样有意思的动物肯定是不缺的。

第二天，我们的火车穿过茂密美丽的森林到达了马乌陡崖的顶峰。这是一个绿叶的王国，磅礴而壮丽，生机无限，令人倾倒甚至震撼。粗大的树杆在铁路上方横过。藤蔓植物沿着铁路线不断蔓延，花叶地毯般占领了每一寸红土。铁路护坡盖满了草木，每一片空地都挤满了密密匝匝的植物。如果不是坚持不懈地保养，清理道路，铲除杂草，这条路很快就会无法通行。即便如此，处处紧逼的森林还是将其长长的爪子贪婪地伸向了闪亮的铁

第四章 大湖地区

轨。倘若乌干达铁路疏于照管，只需一年，我们只能派探险队去寻找它曾经的路线。

在尼奥罗站，将近九百个土著人正在为铁路公司砍伐木柴，火车完全依赖木柴作为燃料。承包人是一位年轻的英国绅士，据说他是为执行政府合同而管理土著工人的模范雇主，他热情地在让车道上为我砍出一条林间小路，让我看看森林里面是什么样子。我们大家欣然钻进了密林中这条大约一英里半长的"隧道"。这片森林尽管林深草密，却没有任何可怕的东西。昂然耸立的巨树高达一百五十英尺。在其下是普通大小的树木，只是更为茂密。再往下是一层灌木，最下面则是一片藤蔓植物的汪洋。每隔大约二十码，阳光才能费力地透过金绿的缝隙穿过这四层面纱。

一路上，他给我们解释了砍伐木柴的方法。至于雇工方面，这是一件必须仔细安排的计件工作，每项任务都计算得很准确，每项报酬都明明白白。白人雇主一般都很照顾自己的雇工，所以找多少土著来做工都不成问题。不过，这些人管理起来却很麻烦。不管这些人对自己的工作和报酬多么满意，都很少有人能待上一两个月。刚刚开始熟练了，他们就要走了，要回家去照顾自己的家庭、自己的土地；他们倒是答应还要回来，要么是明年，要么是收割季节之后，要么是说不准的未来。然而，成天在铁路上勤勤恳恳任劳任怨跑来跑去的火车可是每天都需要燃料。

看看他们干活的样子啊！一群来去不定、笨手笨脚的野蛮人朝树干砍来砍去，自带的工具哪像斧子，简直就像玩具锄头，砍好之后，再头顶着柴捆送到四分之一英里外的木柴场去，这在森林看来，渺小的人类简直就是个笑话。我算了一笔账。这九百个土著人，每人每年的工资是六英镑。建一座带一英里单轨运送车的伐木场，造价大约五百英镑。这笔投资的利息和偿还基金等于四个土著工人一年的工资，伐木场的费用还包括一位得力的白人工程师的年薪，等于四十个土著的年薪，运行开支和折旧费大概是二十名土著的年薪，合计是六十五个土著一年的工资。这样一座伐木厂能在四五分钟锯断一棵直径六英尺的树，既可伐树也可锯木，可以飞快地把木头锯成各种所需尺寸，再把整车锯好的木柴送往铁路支线，它一天的工作抵得上六十五个土著一个礼拜的工作，提供的燃料是原来的七倍。要控制热带非洲，凭人力不是个好办法。文明若要征服这些蛮荒地区，就必须以机器加以武装。需要的是铁路，而不是缓慢的搬运工；需要的是不知疲倦的蒸汽机，而不是疲惫的人力；需要的是廉价的动力，而不是廉价的劳力；需要的是蒸汽和技术，而不是汗水和蛮干：只有这个办法可以征服丛林——不是一个丛林，而是更多的丛林。

我们一路谈着——多半是我一个人在说——一边跌跌撞撞地走过一个个树桩，在碧绿的微光中穿过藤蔓的汪洋，从一道阳光走向另一道阳光。至关重要的问题是不能让目光短浅的人随随便便地毁了这些森林。同样重要的问题是乌干达铁路需要廉价的燃料。长期以来，燃料是最主要的目的。现在按照最科学的规划建起了组织严密的林业处，又会产生把林业作为唯一目的的危险。

第四章 大湖地区

采伐的规章制度本身虽然可敬可佩，但这会增加燃料的成本，继而可能影响乌干达铁路的经营。我们绝不要忘记，乌干达铁路是整个事业的驱动轮。和其他事情一样，相互对立相互冲突的种种利益需要取得和谐的平衡。事情就是这样。

过了一会儿，我们的向导讲起了森林中稀奇古怪的动物，有时候就在离砍柴工很近的地方就能看到它们的身影——很少见的羚羊、庞大的水牛、大得难以想象的鸟儿和蝴蝶。他曾经想办法和万德罗博人交朋友——这是一个住在密林深处的土著部落，他们十分胆小，只要有陌生人哪怕是看了他们的村子一眼，他们也会立刻搬走；然而他们又好奇得很，忍不住要朝外窥视，就这样他们离砍柴工越来越近，到最后，他们终于和外界建立起商业关系，以皮毛换糖。我对这些松鼠一样的人很感兴趣，无奈此时正午的烈日火辣辣地倾泻在光溜溜的铁轨上，我们只得爬上车头的排障器，赶往十英里外一个真正的蒸汽动力锯木厂。旅行继续进行，火车不断爬高，景色也变了。原来紧紧夹住铁路两边的森林现在截然断开，取而代之的是一道道滚滚的草坡。这个现象很是奇特：森林区一到尽头，就戛然而止。没有林木稀疏的地带，没有任何过渡。平坦的草坡一直伸到原始森林的边界线，就像在英国，过了草场就是树林。这样的景观令人惊讶，宾至如归。这简直就像在一连串巨大的公园里漫游，在这些公园里，数百年来，是人来决定哪里该种树，哪里不该种树。

透过高原上的峡谷，西边的大平原在雾霭中隐约可见。最

基苏木卡维龙多武士

后,我们到达了断崖的顶端,在海拔八千二百九十英尺的标识旁停车吃午饭。南面是一座比这里高大约五百英尺的山坡,从山顶上看得到大湖,它就像遥远的海洋的水面一样。

从地理上,我们现在已经到达了这次旅行的最高点。这以后,在回家的路上,我们只需一路往下,在引力的作用下,先是飞快地坐火车到维多利亚湖,然后静静地沿尼罗河顺流而下直到地中海。现在,我们虽然恋恋不舍,但还是必须离开雄壮的东非高原,离开凉爽清新的空气和宾至如归的景观,我们将要去一个地势较低的地方,海拔约四千英尺,那里的风光截然两样。下坡的速度每小时三十英里,沿着宽阔的山谷边缘,绕过一道道山梁，经过一座座铁桥，从桥梁的缝隙一窥远处山谷中倾泻而下流向大湖的河水。不到一小时，气温明显变了，即使坐在火车头上也不用穿外套。两小时之后，气候变得温暖潮湿，还有些热带地区的闷热。空气中再也没有凉意，有了闷热的感觉，这是这个季节很常见的雷雨天气的先兆。

为了避免在大湖岸上熬过炎热的夜晚，我们在特南堡停下，这里只是一个车站站名而已，离基苏木约四十英里，比基苏木高一千多英尺。在这里，马乌陡崖西崖面上空酝酿了一个下午的暴风雨终于浇到我们头上。虽然我曾在南非草原待过十个月，但这里的雷雨之猛烈还是让我震撼不已。差不多两个钟头，炸雷恐怖地轰轰隆隆，惊天动地。

"雪亮的闪电直击长空，
像宽广壁立的大河，
把滔滔河水从高崖激射而下。"[1]

---

[1] 这三行引自英国湖畔诗人柯勒律治 (Samuel Taylor Coleridge, 1772—1834) 的长诗《老水手之歌》(又名《古舟子咏》) (*The Rime of the Ancient Marine*) 第五章的一小节，原文如下：
　　The thick black cloud was cleft, and still
　　The Moon was at its side;
　　Like waters shot from some high crag,
　　The lightning fell with never a jag,
　　A river steep and wide.

电闪雷鸣之际，大雨倾盆而下，顷刻间把人浇成落汤鸡。不过我们的火车可是个躲雨的好地方。暴风雨中，我们舒舒服服地用餐，雨后的凉意中，我们仰望着面带愧意的星星和挂着泪水的天空。

天刚破晓，我们到了基苏木。熙熙攘攘的人群，拥挤的站台，整齐的士兵队伍，一群群的印度商人，数百个一丝不挂的卡维龙多土著，他们在行碰头礼，相互寒暄。码头上停着一艘艘白色的大型汽轮，再往前，便是迎着朝日的波光粼粼的湖水。基苏木，有时也称弗罗伦萨港，是乌干达铁路的西端终点站，也是维多利亚湖的主要港口。有人告诉我，这里有世界上海拔最高的造船厂，湖上运营的所有汽船都由这里建造。正在建造的是一艘八百吨的货船，再过几个月就可交付，以满足湖区不断增长的运输需求。火车站很漂亮，整洁的房屋和浓密的树林背靠山坡，俯瞰着宽广的卡维龙多湾和环绕的海岬。美中不足的是，这里地理位置不好，地势低洼，湖湾水浅而没有潮汐，污水越积越多。将来只有两个选择：要么在里彭瀑布上建一大坝以提高维多利亚湖的水位，相应加深卡维龙多湾使水质得以净化；否则，铁路就只好改道，将终点站延伸到维多利亚湖港，到达深水湖区。

卡维龙多部落是这一地区最大的部落，他们组织了盛大的欢迎仪式。密密麻麻的队列从车站一直排到地区专员公署，我们一行人就在震耳欲聋的鼓号和呐喊声中走过。所有的武士都手持长矛和盾牌，浑身彩绘，身上大多饰以鲜艳的鸵鸟羽毛。卡维龙多人赤身露体，但不以为耻。无论男女都习惯了天然的原始极简衣着。他们赤身露体不是出于无知，而是出于理性的智慧。他们对于穿衣服有一种强烈的偏见，认为穿衣服会导致伤风败俗。卡维龙多妇女哪怕只有一块布条遮身也是一件败坏名誉的事情。据说他们是湖岸所有部落中道德最为高尚的部落。很遗憾，魏斯尼科沃大学的"万物学"教授提奥奇尼斯·特菲尔德鲁克先生在其艰难的游历中没有见到这个部落的人，否则在他关于裁缝的功能那部里程碑式的大作里，他肯定会加上一页[1]。

基苏木南迪和卡维龙多武士

---

[1] 提奥奇尼斯·特菲尔德鲁克（Herr Diogenes Teufelsdröckh）是苏格兰哲学家、评论家、讽刺作家托马斯·卡莱尔（Thomas Carlyle, 1795—1881）发表于1836年的小说《服装的哲学》（*Sartor Resartus*）中的虚构人物。提奥奇尼斯·特菲尔德鲁克先生是"魏斯尼科沃大学"的"万物学"教授，其大部头德国唯心主义哲学著作名为《服装：起源及影响》。——译注

第二天早上醒来之后,我们上了一条很漂亮的船。又长又宽敞的甲板像游艇一样雪白。船上装有浴室、电灯等所有现代设施。有精美的餐桌,还有精选的书刊。脸色乌黑、身手矫健的水手在擦拭着铜器,身着整洁白色制服的海军军官在舰桥上踱步。我们以每小时二十英里的速度横渡如苏格兰一般大小的浩瀚的淡水湖,其高度比本内维斯山[1]最高峰还要高。有时候我们处于海天围成的正圆之中,四周看不到一点陆地的踪影;有时候我们经过陡峭的湖岸,上面森林密布,远处耸立着蓝棕色的群山;有时又从一群美丽的岛屿之间穿行而过。空气凉爽清新,风景优美壮丽。这简直就像七月乘坐游艇畅游康沃尔[2]沿海。而实际上我们正在赤道上,在非洲的中心,横渡海拔达四千英尺的维多利亚湖!

---

[1] 本内维斯山(Ben Nevis),不列颠群岛最高的山,位于苏格兰高地,海拔1345米。
[2] 康沃尔(Cornwall),英国英格兰西南端的郡,这里有建在孤岛上的古老修道院,有开凿在悬崖峭壁边的露天剧场,有古朴的小渔村,还有美丽曲折的海岸线和苍翠的山谷。

第五章　乌干达王国

东非保护国是殖民者、游客和狩猎者极感兴趣的地方。然而，乌干达王国却是一个童话。你不用沿着豆茎往上爬，只要乘火车到铁路另一头，你就到了一个奇妙的新世界。风景不一样，植物不一样，气候不一样，最主要的，这里的人和整个非洲任何其他地方的人都不一样。这里不是微风习习的高山地带，我们走进的是一座热带花园。在这个地方，赤身露体、浑身彩绘的蛮人挥舞着长矛，跟随着部落酋长齐声哇哇怪叫，而就在这个地方，却有一个完整而组织严密的政权。在维多利亚湖和阿尔伯特湖之间这片富饶的土地上，居住着一个温和、穿衣服、文雅而聪明的民族，他们等级分明，有世袭的国王，有议会，实行强大的封建制度。二十多万土著人能读会写，十几万人信奉基督教。这里有宫廷，有摄政，有大臣和贵族，有正式的法律和审判制度；这里有戒律，有产业，有文化，也有和平。实际上，虽然黑种人的希望和梦想常常受到无情的事实的嘲笑，但在这里，二者却得以完美实现，我不知道世界上还有第二个这样的地方。

基苏木

有三种不同的力量对巴干达族[1]民众产生影响,每种力量都强大而仁慈。首先是大英帝国当局,这是一种世俗的、科学的、无私而又不可抗拒的力量;第二是摒弃了弊端而保留了活力的本地政府和封建贵族政治;第三是规模空前的传教活动。在英国国旗的庇护下,在没有内忧外患的条件下,少年国王受到良好教育,健康地长到成年。在英国军官的簇拥下,他主持内阁和议会会议,在纳米雷姆贝山上巨大的茅草顶大教堂中做礼拜。在外来势力的指导之下,他治下的领主虽然权力很大,但受到制约而不

---

[1] 巴干达族(Baganda nation)为乌干达最大民族,占乌干达总人口的17%,生活水平和文化水平全国最高。

第五章 乌干达王国

能实行专制，所以都能各司其职。在不久前摆脱了动荡和混乱之后，这里的民众善于学习，愿意服从。在他们中间，不辞辛劳地活动着一大批甘于奉献的基督教传教士，他们来自于不同的国家、不同的教派，但都怀着博爱之心，年复一年地满足着本地人的精神需求，改进他们的社会和道德观念，提高其教育水平。

各阶层的民众都天性淳朴，温文尔雅。精心准备的欢迎仪式消解了游客们旅途的枯燥单调。他们不卑不亢，不失自尊，自有一种与生俱来的威严。土著们渴望获得知识，聪明而善于模仿。乌干达就是一个名副其实的美丽的果园。在这里，人们的主食几乎无须劳作就唾手可得，其他作物也比任何别的地方长得快、长得好。从西印度最好的岛屿过来的农场主们往往为这里土地的肥沃惊讶不已。棉花到处都可生长。橡胶、纤维植物、大麻、肉桂、可可、咖啡、香草、橙子、柠檬和菠萝自来就有，其他从外地引进的作物也能茁壮成长。而我们英国果园里的植物，只要落到乌干达的土地上，无不心花怒放、繁花盛开、果实累累。难道这不是人间天堂吗？过来看一看，仔细观察一下吧。

以著名非洲探险家克莱门特·希尔命名的轮船平稳地载着我们顺利地过了维多利亚湖北角，傍晚时分到达恩德培码头。刚从卡维龙多来到这里的游客最感新奇的就是那数百名土著人，清一色干净的白色长袍，端庄自如。在码头上，搭起了一个凉亭样的建筑，来这里的有商会派驻此地的代表——也就是为数不多的欧洲人，他们来自印度果阿省，还有许多侨居此地的印度商人。一辆两匹毛驴拉的二轮小马车把我送到政府大楼。在一个没有蚊虫的宽阔的阳台上，我看到了真正赏心悦目的景色。四面八方都生长着最美丽的草木。目光越过一片怒放的紫蓝色、紫色、黄色和深红色花儿，一大片平整的绿草坪，那边就是美不胜收的蓝色大湖。在落日的映照下，地平线上的山坡岛屿泛着红光。空气平静而清凉。倘若这里的山水没有那么多英国风情，你会以为到了地中海海滨胜地。真是美得让人难以置信。

真是美得让人难以置信啊。你简直难以相信这样迷人的地方竟然恶名在外。而且，东非保护国面临的困境在乌干达更加突出，外表和现实之间的反差在这里更加触目惊心，更加严酷。在其闪耀的面罩背后，恩德培面目可怖。就在几年之前，湖中镶嵌着一座座明媚的岛屿，让湖景丰富多彩，上面还住着大量人口。如今，这些岛子都荒芜了。每一个白人似乎都有一种说不清楚的压抑感。身上给刀子划破了，伤口怎么也长不好；皮肤抓破了，就肯定会溃烂。在这里住到第三年，即使小小的伤口也会加重成流脓流血的恶疮。你今天还好端端的，而到了明天，不知是什么原因，你就会被疟疾击倒——这是一种特别顽固的疟疾，往往在第三到第四次发作后就恶化为黑尿热。在恩德培居住的白人不多，不久前就有两人自杀。我讲东非的时候也提到过这个问题，到底是海拔高度、赤道直射的阳光、虫子还是其他微妙的原因？无论是什么原因吧，就好像有一道严厉的禁令，禁止白人在这些美丽的地方永久居住。

第五章　乌干达王国

恩德培政府办公楼

有许多人呼吁不再把恩德培作为行政首都，建议把政府迁回坎帕拉。但是，要搬迁刚建好不久的政府机关，其开销也非政府微薄的经费所能承担，再说这也不是乌干达保护国最迫切的问题。最近，恩德培的卫生状况也得到了巨大的改善。原本赏心悦目的树木和灌木给无情地砍掉了。说来也怪，蚊子和传播嗜睡症的采采蝇也随之消失。在居住区两边半英里开外那些小树林，只要你走进去就可能要你的命，但现在居住区内已经很干净了。

再说，欧洲人看来普遍不卫生的状况也并不仅限于恩德培，这种状况在乌干达全境都存在，程度稍有不同罢了，坎帕拉也不例外。最后，还有一个性质不同的原因，最终造成不能把英国殖民政府机关迁回那个土著城市。乌干达是一个土著的国家。我们和土著打交道是通过土著政府进行的，我们的成功大抵归因于此。所以，如果最高殖民政府离得太近，就免不了会迫使土著政府丧失其全部或者许多原有的特点。

恩德培是一个几乎默默无闻的地方的新火车站，呈现出许多了不起的进步。湖岸上遍布精致的别墅，每个都有自己美丽的花园。有一个很气派的高尔夫球场，居住在这里的人也是一个很阳光快活的群体。守卫这一切的是锡克人部队。部队有两支，一支驻恩德培，一支驻坎帕拉，他们对当地各种各样的影响完全绝缘。他们是格莱斯顿先生[1]过去常常提到的帝国政府的"动力肌肉"。我向来敬佩印度的锡克人，无论他们在驻地还是在战场上。然而，锡克人从六千英里外的旁遮普省来到这里，手持步枪笔直地挺立守卫着英国的生命财产，这时，他们端庄的军人身姿和缠头布下面那严肃的面孔格外鲜明，更让人浮想联翩。他们是从所有锡克军团中挑选出来的志愿兵，他们喜欢乌干达，在比他们家乡还要温和的阳光下如鱼得水。锡克人没有什么开销，他们把自己双份的薪水积攒起来，回到印度的时候，既富有又为自己曾服务海外而自豪。如果保护国要考虑经费的问题，或者希望让军队的种族完全一致，从而遣散或者撤销这两个连队的话，做出这一

---

[1] 格莱斯顿先生即威廉·尤尔特·格莱斯顿（William Ewart Gladstone, 1809—1898），英国政治家，曾作为自由党人四次出任英国首相（1868—1874、1880—1885、1886以及1892—1894）。格莱斯顿是英国最伟大的首相之一。

决定的人肯定会很棘手,因为谁也不愿意分担这个责任。

若论人力,目前在这些地区英国的势力无可匹敌,谁也不能与之抗衡。但是,一个新的对手已经出现,而且无法忽视。保卫乌干达的就是虫子。甚至可以说,是白人的出现以及随之而来不断增多的活动唤醒了这些可怖的小东西,使其滋生出邪恶的力量。可怕的螺旋菌蜱虫已经像拦路抢劫的强盗一样在条条道路上横行,现在几乎没有任何有效的预防措施。这种蜱虫很脏,呈淡褐色,形如一粒压瘪的豌豆。蜱虫咬了受到感染的人后,它自己并不感染这种病,也不会直接把病菌传染给其他人。出于自然界一条特别险恶的法则,蜱虫通过自己成百上千的后代来传播疾病。因此,病菌以几何级数的速率传播。虽然这种热病并不致命,但病程中病人特别痛苦,后果非常严重。病人会有五到六次接连不断的高烧,体温可高达107华氏度[1]。这之后,由于面瘫,病人的眼睛和听力暂时会受到影响。一条又一条道路受到瘟疫的侵扰,一个又一个官员在出差的旅途中倒下。只有一个可靠的预防办法,那就是拆毁所有旧草房和露营地,在路上建起一整套以石头为材料的干净的驿站并实施严格管理,供旅客躲避这神出鬼没的瘟疫。这是不得已而为之的方法。

但是,还有一个可怕得多的暗影笼罩着乌干达保护国。1901年7月,坎帕拉传教团医院的一位医生发现了一种神秘疾病的八

---

[1] 107华氏度约等于41.7摄氏度。

个病例。六个月之后，他报告称在布武马岛上有两百多个土著死于这种疾病，还有两千人疑似受到感染。瘟疫迅速传遍了湖岸所有地区，死人无数。谁也不知道病因是什么，从何处传来。这种病无药可治，病人统统死掉。人们立即开始各种科学研究，但很长一段时间一无所获，与此同时，病魔像疾风中的野火一样席卷大湖湖岸地区和各个岛屿。到1902年中期，这种后来称之为"锥虫病"或"昏睡病"的疾病造成的死亡高达三万多人。病魔一直四处蔓延，人们对治疗和预防方法毫无头绪。当时看来感染区的所有人都必死无疑。

1903年4月28日，由英国皇家学会指派研究"昏睡病"的布鲁斯上校宣布，他认为这种疾病由锥虫引起，通过叮咬过病人的舌蝇属采采蝇传播。他的看法很有根据，因为事实上疾病仅在有采采蝇的地区流行。再有，可以精确地确定采采蝇感染带，其活动范围很少超过离湖水一到两英里的距离。欧洲人不再认为自己躲得过这种感染，可以想象，这在白人中引起了极大的恐慌。几乎每个人都被采采蝇叮咬过，只是无法确定叮咬自己的蚊子是否已经受到感染。而且，整个湖岸地区采采蝇不计其数，要完全消灭似乎绝不可能。那又怎么办呢？

有一段时间，布鲁斯上校的发现几乎就等于宣布当时所有的预防措施毫无用处。1903年年底，报告的死亡人数达到九万以上，湖岸地区人口锐减。一个个村庄完全荒芜，曾经以大片良田著称的乌索加退化成为森林。由于患病的人奄奄一息，活着的人担惊

第五章 乌干达王国

受怕，豹子的数量激增，这些凶猛的动物肆无忌惮地捕食活人、垂死的人以及死人。

人们迫不及待地在许多方面进行了进一步研究，发现采采蝇分布范围很广。在乌索加深处，在许多河岸上，在阿尔伯特湖和阿尔伯特·爱德华湖畔的沼泽地，这些成群结队的死亡使者整装待发，只等一声号令。只要一个感染了病菌的人来到这里，就足以让它们统统装备上致命的武器。阿尔伯特湖沿岸和上尼罗河好几个地区很快就成为瘟疫新的中心。乌尼奥罗有数千人死亡。到1905年年底，整个疫区死亡人数远远超过二十万，而这些地区的总人口不足三十万。

到目前为止，如果任何地区死亡人数减少，那不是因为病魔有任何收敛，而是因为人口锐减，受感染的牺牲品随之减少。就在几年前，布武马曾是各岛屿最为繁荣的地方，人口达三万，如今活着的人不足一万四千。塞西群岛有些岛屿的人已死绝，还有一些岛上仅存几个奄奄待毙的土著，他们是曾经人丁兴旺的岛屿的仅存代表。

H. 赫斯基斯·贝尔爵士是乌干达总督，这方面的许多宝贵信息我就是从他那里得到的。他写道："可以相信，虽然黑人们不能理解瘟疫通过昆虫传播的原理，但湖区沿岸是死亡地带却是不争的事实，这本来可以使他们逃离疫区，逃到干净的地区，以摆脱置成千上万人于死地的瘟疫。然而，一种不可思议的宿命论似乎使土著们麻木不仁。他们一方面为悲惨的命运而哀恸，一方面又近乎冷漠地接受死亡。"

科学这位警察虽然姗姗来迟,但到底还是来到了悲剧现场,现在也追踪到了许多有用的线索。对于疾病的病因和治疗方法的医学调查,对采采蝇生活范围、习性、危险以及生活史的昆虫学调查,以及对灾害控制管理等方面正在切切实实地向前推进。了解到的情况越来越多。与"昏睡病"作战就像制伏吸血鬼。这个魔鬼的魔力必须具备五个条件——水、灌木丛、树林、采采蝇(舌蝇属),以及感染的人。去除任何一个条件,魔咒就解除了。如果五个条件全部具备,那么这个地区的人死亡殆尽只是时间问题。

基于对这些事实的了解,乌干达政府现在正在采取措施。凡是需要到湖岸去的地方,如恩德培、蒙永约、里彭瀑布、发让等地,树木砍倒了,灌木清除了,在原地种上了生长迅速的香茅草,这种草一旦扎根,就能抑制其他植物的入侵,这一来,采采蝇绝迹了。湖岸边凡是无法清除采采蝇的地方,居民必须全部迁走。全部居民从家乡(常常是强迫性地)搬迁到新的地方,这一卓绝的行动于去年完成,这要归功于上述三种巨大支配力量的通力合作,这三种力量从不同方面调节着巴干达人民的生活和利益。

这并不是说必须永远放弃湖岸地区。在很短的时间之后——有人说是两天,有人说十一小时,采采蝇就丧失了毒素,也就是不能传播疾病了。只要疾病得以根除,健康人就可以重返故地,即使被叮咬也没有关系。但在另一方面,在没有找到可以大规模使用的特效治疗方法的情况下,我们也并不能指望近期能够大幅

第五章 乌干达王国

度降低死亡人数。尚有数千人受到了感染，还必须动用现有的资源对于这些人进行隔离、看护和关爱。

然而，有一件事情至关重要，那就是绝不能丧失信心。许多实验室正在进行研究，这方面科赫教授是领军人物，这些研究随时都可能发现特效药物。通过正在大力实施的控制手段，可以相信，我们将有效地切断已受感染的人与未受感染的采采蝇之间那致命的联系，切断已受感染的采采蝇与未受感染的人之间的联系。我们对采采蝇的认识肯定会更加深入。粗看上去，这种不起眼的黑色牛虻和无害的品种没什么区别，只不过双翼像剪刀一样整齐地叠在背上，而不是常见那种左右分开的样子。现在，许多雪亮锐利的眼睛正毫不留情地关注着它们。采采蝇的天敌是什

总督和巴干达族人

么？它们弱点是什么？它们的基本生存条件是什么？国际组织在绿色圆桌会议上讨论采采蝇，严肃的人们用显微镜观察它们，勤勉的官员们在中非地图上标记出它们的分布区域。一张天罗地网正无情地向采采蝇撒去。在这场不可退让的特殊的战斗中，人类可以找到同盟军吗？有吃蚊虫的鱼类，有以苍蝇为食的鸟类，还有些植物的气味会让某些昆虫不适甚至造成伤害。采采蝇还要在哪些地方肆虐，还要在波光粼粼的水面之上、芦苇丛中、树枝之间飞多久呢？这场舌蝇挑起的战争啊！

在记述乌干达富饶与美丽的同时，我也并不讳言其艰险。这片土地上巨大的反差，它大好的前景，可怕的疾病，它既是生命的沃土也是死亡的地狱，其事实与例证之多，远非我此时所能一一列举。但是，大不列颠来到了这里的同时，也就有义务和神圣的责任应对挑战，保护这个忠实、温顺而聪明的巴干达民族，使其摆脱种种危险，不管这危险是什么原因！与此同时，让我们坚信，制度与科学必将取胜，约翰牛终将征服这个阳光与毒草并存的神秘花园。

第六章　坎帕拉

我到达恩德培两天之后，总督带我去了坎帕拉。从古城到行政首都的距离大约二十四英里。沙石路面虽然没有铺过，但坚实平整，给雨水冲刷得锃亮，除了几处地方，汽车跑在上面完全没有问题，自行车是最好的交通工具。乌干达政府已经开设了运行良好的汽车班车线路，只是还没有通到这里，所以常用的交通工具是人力车。这种轻便的人力车便用自行车轮胎，车夫扶着车把朝前拉，后面三人朝前推，每小时可跑六英里多，坐上去非常舒服。

车夫穿戴整齐，清一色过膝白色长衫，红色帽子，每八英里换一次班。他们干活儿的方式很是奇特。从客人上车、他们开始干活儿那一刻起，他们就你唱我和地吆喝起一种不断变化而且片刻也不中断的号子，就算这号子会让他们上气不接下气，但振作精神的作用却是确定无疑。推车的喊道"布鲁拉姆"，拉车的应道"呼玛"。推车的又喊"布鲁拉姆"，就这样一唱一和，经久不停。所有这些号子都有意义，如果乘车的客人体重较大或者被发现不懂这语言，就是把号子的字面意思准确地翻译出来，他也未必懂得人家是在恭维还是别的什么意思。以上我引用的号子的字面意思是"木头上的钢铁",它的含义是,欧洲人的力量和技术是钢铁,土著人的体力和坚韧是木头,离开了木头,钢铁再高级也没有用处。个中道理实在无懈可击,谁也不会反驳吧。然而,这号子没完没了地重复下去,便没有了趣味,这样"布鲁拉姆"来"呼玛"去半小时之后,我忍不住请求喊号子的人,能不能安安静静地拉车。他们尽力照办了,但我能看出,他们很不快活。过了一会儿,我于心不忍,也想快些赶路,只好收回了噤声令,于是他们的对唱又重新开始,内容是新的,语言也更讲究了。

巴干达人的客套真有点繁文缛节。难怪哈里·约翰斯顿爵士[1]说他们是"非洲的日本人"。在英国,你路遇一位陌生人,如果你对他道一声"早上好",十有八九他会惊讶到摆出自卫姿势的地步。而在这里,两个巴干达人离着耳朵刚听得见的距离就开始寒暄起来。一个人喊道:"您好吗?"另一个人答道:"您这么客气,我不敢当呀。"第一个人接着说道:"我这么寒酸,实在冒昧啦。"第二位接着问:"先说说您身体好吗?"另一位答道:"好得很,托您的福啦。"到这会儿,两个人已经相互走过,也只有稍事客套的时间了。"我不胜荣幸啊,我会好好珍惜。"到最后,一声声拉得老长的优雅的"啊——啊——啊"带着满足和祝福悠悠扬扬地渐渐消失在远方,两人莫不心满意足,该交流的都交流了。为提醒读者,我还得加上一句,以上的对话并非一成不变的仪式。根据

---

[1] 哈里·约翰斯顿爵士(Sir Henry Hamilton Johnston,1858—1927),非洲探险家、博物学家、殖民地官员,著有四十部关于非洲的著作。

第六章 坎帕拉

不同的情况，所用的语句可以变化无穷。不过，至于路上行人如何相互致意，这个例子已经足够了。

坎帕拉巴干达武士

如果你想让一位巴干达人开心，你只需要说"不错嘛"，这句话相当于最为诚挚的恭维话"干得太棒了"。一旦这几个堪称法宝的字眼从你嘴里吐出，听到这话的土著十有八九会双膝跪地，双手握在一起，左右来回摆动，那动作就像演奏六角手风琴一样。与此同时，他的脸绽放出最为亲切、发自内心的笑容，同时，他还会"啊——哦，啊——哦，啊——哦"地叽里咕噜，其意思是说："我杯中的快乐溢出来了。"在我们的观念中，人不应该给别人下跪，我们看见别人下跪也觉得不舒服。但是，你千万别以为巴干达人的这个举动有任何卑躬屈膝的意思。这就是礼貌，仅此而已。只要你习惯了这个礼节，你会觉得这一点也无损尊严。他们只会赢得你的心。

从恩德培到坎帕拉的道路一路风景秀丽。全程两车道，两边都种上了橡胶树，再后面则是大片的棉花，开着黄花，挂着粉白色的棉桃，非常美丽。在曼彻斯特市场上，乌干达生产的美国山地棉花要比美国本土生产的价格还要贵。看来在乌干达更大范围内种植棉花没有什么实质性的困难。大面积种植只是一个组织生产和资金的问题。

但是我差点儿忘了我们现在已经在坎帕拉的道路上奔驰，此时几乎就看到这座城市了。我说是几乎，而不是真正看到了。说

坎帕拉，达乌迪国王的鼓手

第六章 坎帕拉

真的,没人见过坎帕拉。在一个山坡上,游客看见的是政府大楼和其他整洁的楼房;在另一个山坡,他会看到国王和大臣的府邸。在第三、四、五座山坡上,游客会分别看到新教教堂、天主教堂和罗马天主教白父修道院。但是,坎帕拉这座六万居民的城市是你永远看不见的。整座城市淹没在无数的芭蕉叶之下,芭蕉遮阴,也是市民的食物;芭蕉林中,密密麻麻的草房给掩盖得严严实实。

在坎帕拉观看战舞
左起:詹金斯少校,丘吉尔先生,达乌迪国王,H. 赫斯基斯·贝尔爵士。

我们离这座"花园之城"还有三英里的时候,本地人的欢迎仪式就开始了。我们在长达四分之一英里的一排排身着白袍的巴干达人中间走过。他们由酋长领头,拍手以示欢迎。最后,我们的人力车队到达了路边的小山丘,顶上有一座非常精美的凉亭,材料是结实的象草,就像光滑而纤细的藤条,以独特的图案编织而成。沿着一条铺着灯芯草的小路,国王和他的贵族们下山来迎接我们。达乌迪·克瓦,乌干达王国国王,也就是卡巴卡,是一位相貌出众而仪态优雅的少年,十一岁。他身穿一袭镶金边的黑色长袍,头戴金边白色小帽。跟随他的是摄政团,站在右手边的是首相阿波罗·卡瓦爵士,神态威严而果断,身穿镶金边大红长袍,戴着许多亮晶晶的装饰品,包括几枚英国战斗勋章,包括圣米迦勒和圣乔治勋章。

握过手之后,我们一行被领进了凉亭。在藤椅上落座后,我们一边吃甜果冻,一边聊起来。国王受到英国教师的精心教育,他懂英语,口语相当好,但这一次,他似乎很害羞,说的话也就是拉长了音调轻言细语的两句话"是的""不是"。这次正式的会见很快就结束了。

下午是一场典礼,乌干达特派专员新近被提升为总督,他要宣誓就职。阅兵式上,有五六百名雄赳赳的士兵参加,走在前列的是驻坎帕拉锡克连队。夕阳西下的时候,我们在皇家山拜见了卡巴卡。他在国会接见了我们。在这座宽敞而美丽的草楼里,聚集着大约七十位酋长和巴干达贵族。小卡巴卡坐在王座上,他的大臣簇拥在四周。我们的座位安排在他的一边。首相宣布,巴干达人要为我们演示酋长宣誓典礼。然后,一位魁梧而威严的议员

图上：去坎帕拉途中
图下：金贾通往乔加的道路

走到大厅中央,俯首拜倒在地,效忠的誓言如洪水般滔滔不绝。几分钟之后,他站起身来,舞动着长矛,同时高声吟唱着誓言,直到他进入格外亢奋的状态。最后,他冲出大厅,杀死了外面的国王的敌人。片刻之后,他安静、端庄而优雅地返回大厅,直到这时,从他的脸上,从在座人们的欢笑声中,我才意识到他这是"假扮的",这个仪式只是为了给我们助兴。

这个插曲很有意思,它表明了巴干达人是何等迅速地把自己的过去抛在后面。他们已经在嘲笑过去的自己了。二十年前庄严而肃穆的仪式,如今的人们却以这样的方式加以反省,这其中的意味与考文垂重新演绎马背上的戈黛娃夫人[1]如出一辙。第二天的战争舞蹈表演也是一样。两三千涂着颜料赤裸身体的武士随着鼓点和原始的乐曲前后蹦跳,其神情诚挚,几至疯狂。然而,几分钟后,他们羞怯地相视而笑,就像演员谢幕一样对我们鞠躬致意。首相解释说这场表演是落后的过去的再现,其目的只是为我们助兴而已。是啊,武士们已经很不习惯手执武器了,十个当中没有一个人能找到真正的长矛,只好用树枝和别的道具充数。

一位武士腰间拴着一根绳子,由两个人拉着出场了。他浑身上下怪模怪样地涂满了颜料,颇有些滑稽的味道。据说,这就是"军队里最勇敢的武士",之所以用绳子拴住他,是怕他过早地

---

[1] 戈黛娃夫人(Lady Godiva,死于 1066 年到 1086 年之间),英国中部莫西亚王国伯爵夫人。据十三世纪传说,为了免除丈夫对考文垂人民征收的重税,夫人仅以长发遮面,赤身骑马走过城中大街。

投入战斗。这些稀奇的表演充满了真诚的欢乐和幽默,所产生的气氛实在难以描述。巴干达人对这些表演的态度在多大程度上体现了他们精神上的进步,这也难以说得清楚。

图上:坎帕拉的战舞
图左:坎帕拉的战舞
"军队里最勇敢的武士"

卡巴卡在自己的房子里招待我们用茶点。这是一座舒适的欧式房子,房子不大,但精致典雅,饰以常见的英国图画和维多利亚女王和爱德华国王肖像。慢慢地,卡巴卡不再羞涩,他告诉我他最喜欢足球,他的数学功课已经学到了"最大公约数"——这个概念一被提起来就让我回想到难过的学童时代的东西。他能熟练地用英语写信，娴熟地骑着小马奔走，他很可能成为一个受过良好教育、有成就的人。在非洲的心脏，在野蛮、贫困和暴力的包围之中，能找到这个温文尔雅而和平的文明孤岛，实在是一件赏心悦目的奇观。

第二天是一次漫长的朝圣之旅。前面我已经讲过，坎帕拉全城掩盖在遍布许多山坡之上的芭蕉林中。每座山坡的居民和功用都各不相同。每一个基督教教派都有自己的山坡。在过去那些令人不快的日子里，马克沁机关枪用于协助基督教的传教活动，当时的人们根本不觉得有何不妥。但是，要说是传教士在十二年前造成了震惊乌干达的仇杀和争斗，这极不公平。法国和英国势力

坎帕拉白父教会教堂

第六章 坎帕拉

坎帕拉，英国天主教堂的孩子们

范围的分界线恰恰又是皈依天主教和新教教徒的分界线，这给实质上非常激烈的政治纷争又增加了宗教的问题。现在这些问题已经完全解决。英国天主教传教团来到这里，这阻止了国家之间的纷争和宗教之间的互相伤害。建立起稳定的政府、消除了有关乌干达未来的所有疑虑之后，致力于高尚事业的人们相互的纷争也就完全平息了。各基督教教派之间相安无事，不仅如此，乌干达政府不但不讨厌传教活动，转而极为关注各教团每天坚持不懈地提供给土著人民的种种无与伦比的服务，这一来，各种关系就融洽了。

我尽职地爬上一座又一座山坡，尽力了解坎帕拉传教工作的细节。这项工作包含了道德和社会活动的所有内容。精神活动我就不多说了，除此之外，传教士们一直支撑着这个国家的整个教育体系。他们开办了许多优秀的学校，数千名巴干达孩子在这里学习用自己的语言读书识字。全国到处都有传教点，每一个点都是慈善和教堂活动的中心。为了配合各种传教活动，这里还有很好的医院，配有经验丰富的医生、护士或者义务服务的修女。最大的一所医院属于传教协会，是一个为土著人服务的热带医院的典范。除了这些服务，现在又增加了技术教育，人们希望政府也能在这方面给予支持。以如此仁爱的方式开展传教活动，发挥其影响，并取得如此了不起的成就，这样的地方在世界任何地方我实在找不出第二个。

纳米雷姆贝山是传教协会总部所在地，山上有一座非常精美的教堂，上面高高耸立着三座精巧的草编尖顶，整座教堂全由各种原始材料建成，这可说是乌干达在建筑艺术上最为低调的建筑。11月20日下午，就在这座教堂里，我出席了一所高中的开学仪式，这所学校招收其他学校选出的尖子学生。宽敞的屋子里聚集着一大群盛装的土著和欧洲来宾。身着白衫的学生们一个挨一个坐在地上。在台上就座的有卡巴卡和阿波罗·卡瓦爵士，爵士自己就有五个儿子在这里就读。典礼由总督主持。大主教发表了演讲。学童们以优美的旋律和节奏唱起了英文歌曲和赞美诗。看着挂在墙上的大英帝国地图，意识到这一切竟然发生在维多利亚湖西北一隅，这真是一件让人惊讶的事情。

第六章 坎帕拉

纳米雷姆贝教堂内部

从坎帕拉到湖岸港口蒙永约距离为八英里，我们是坐人力车经过一条很简陋的道路到那里去的。蒙永约也就是一座码头、几座草棚，但这里非常完美地体现出清除树林和灌木所带来的良好效果。经过清理的地方，蚊虫和采采蝇完全绝迹，一年前的死亡地带如今干净而安全。在不远处的湖岸边、距坎帕拉近五英里的地方新建一座码头的计划也在拟定之中，新码头通过一条单轨火车与首都连接起来之后，完全有理由相信贸易将大幅增长。

乌干达海运公司一艘老资格的轮船"威廉·麦金龙爵士号"正等着我们一行。我们驶过平静的湖面，经过一连串美丽的岛屿，一个比一个诱人，岛上所有的人都因为"昏睡病"而迁走了。一整天，我们在岛屿环抱的水面航行。傍晚，金贾的灯火指引着我们到达了目的地。想到斯皮克[1]发现尼罗河源头那激动人心的事件，人们不能不感叹他是多么幸运。维多利亚湖北岸有五百个入口湖湾，这些湖湾彼此没什么区别。除非到达离河口的激流仅几英里的地方，一般的水手没法儿察觉到水的流动。尽管可以推测，如此广大的淡水体肯定在某处有一个进水口，虽然有这个信念的巨大支撑，但探险家可能搜索一年也找不到这个地方。他静静地划着桨，漂流着，突然间，远处大瀑布的潺潺水声，还有小船受到的细微的推力，这才引导着他到达了苦苦搜求的世界上最壮丽的河流的发源地。

在金贾上岸时，天色已黑，我无法完全看清楚一大群当地酋长和印度商人为欢迎我们所做的准备。虽然夜色造成了这点遗憾，我却有幸目睹了英国军官随时准备做出的英勇举动。把行李卸到码头的时候，一个扛着重物的可怜的苦力脚下一滑，一瞬间就吞没在下面深黑的湖水中。就在这时，政治处的一位年轻文官毫不犹豫地纵身跳进鳄鱼出没的黑暗之中，把苦力平安救上岸来，他可敬可佩的行为获得了皇家人文学会的表彰。如此珍视普通土著生命的行为，我不能肯定是否将在非洲各地蔚然成风。

金贾注定要成为中非未来经济的重要地点。金贾位于大湖注

---

[1] 约翰·H. 斯皮克（John Hanning Speke, 1827—1864），英国探险家，英属印度军队军官。他在非洲进行了三次探险考察，发现了尼罗河源头，也是第一个到达维多利亚湖的欧洲人。

入尼罗河的出口，因此也就处于阿尔伯特湖和苏丹之间最便利的水上交通线上，而且拥有巨大的水力资源。数年之后，这片得天独厚的海湾沿岸将点缀着一排排舒适的热带别墅和壮观的办公楼，尼罗河谷将遍布工厂和库房。这里有足够的动力处理乌干达生产的所有棉花和木材，这里肯定会成为主要热带产品商贸中心之一。拥有这些优越的条件，金贾这个拗口的地名真是一个遗憾。依照其下游美丽、给城市带来繁荣的瀑布，最好还是改名为里彭瀑布市。

里彭瀑布本身就值得一看。尼罗河发源于维多利亚湖，与泰晤士河在威斯敏斯特大桥处一样宽，汹涌的河水从十五到二十英尺高的岩石阶梯倾泻而下，形成一道道平滑、不断旋转的绿色的水坡。把尼罗河拦腰截断，让它冲过水轮机，再开始其漫长而慷慨的旅程，是一件轻而易举的事情。以如此小的土石工程把如此庞大的水体截断，在世界上可能还找不到第二处。在岛屿之间穿过瀑布建筑两三道短短的水坝，就能以小到不可思议的代价，把广达十五万平方英里的维多利亚湖的水面逐步提高六至七英尺，这将大大增加湖的水能容量。同时，这可以提高卡维龙多湾的水位，让吃水量更大的汽船通行。最后，大坝还能把湖水维持到稳定的高度，这一来，湖岸上那大片随着雨量的多寡时而淹没、时而暴露在外的沼泽地将变成清澈的水域或者陆地，这将造福于人，并消灭无数的蚊虫。

观看着里彭瀑布汹涌的洪流，计算着现代科学本来可以控制

里彭瀑布（尼罗河源头）

却白白浪费的巨大能量，此时，我心中从另一个角度想到乌干达面临的问题。所有水力资源完全属于国家。应该把开发权利让渡给私人吗？如果一个政府自己不愿意付诸实施，那么，它有权力永远阻止别人来开发吗？在帝国几乎所有的属国中都存在这个问题，只不过问题的形式千差万别而已。但在乌干达，关于帝国政府对该国自然资源的所有权及其利用，争议最为激烈，也最难以解决。乌干达是一个土著国家。它不能与其他任何白种人已经扎下根来的殖民地相较，也不能同未开化的游牧部落所在的殖民地相提并论。与乌干达情况相同的是印度的土著邦国，在这些邦国中，英帝国的权力是以土著君主的名义并通过土著君主及其官员

第六章　坎帕拉

加以行使的。

外来的智慧与本地人的体力相结合，往往形成一种为本地原住民普遍接受的政府，这是因为他们一直熟悉的事物的样子没有发生突然的、粗暴的改变。但这样的政府在各种事务的管理上会变得比较复杂、比较微妙，这是更直接、更自然的政府所没有的问题。在这样的情况下，普通商业项目的开发和推进就没有很大空间。精力充沛的商人在欧洲或美洲激烈而残酷的产业竞争中如鱼得水，而到了土著国家这种四平八稳且慢吞吞的发展环境中，就会变得格格不入，甚至成为危险人物。与现代赚钱的生意接触或与赚钱的生意人打交道，这无论在精神还是物质上都不能使巴干达人获益。如果一个人唯一的目的就是为公司获取利润，唯一的评价标准就是经济效益，那么在中非的阳光下，这个人往往学不会与土著人打交道的最佳方法。突兀地把产业项目硬塞进乌干达的森林和花园，随之而来的将是各种各样的困难和麻烦。即使这些外来的人会给这个国家带来更快的发展，其收益也不属于乌干达政府和人民，也不会用于促进新的产业，而只会流入外国少数人的腰包——这些人纯粹为了商业利益，毫不在乎这个国家的命运。我并不是鼓吹乌干达要一概排斥私人资本和产业。对私人资本和产业活动精心引导、仔细管控肯定是必要的。但是，这个国家的自然资源应该尽可能由政府自己来开发，尽管这一来政府需要承担起许多新的职能。

的确，很难找到一个条件比乌干达更适合国家社会主义具体实践的国家。土地辽阔，人民温和而勤劳。阶级差别不大。主要食品能满足全体人口的需要，而且几乎不需要人力就能自行产出。这里没有心怀私利的欧洲人碍手碍脚。没有哪个国家像乌干达这样，政府对人民的治理和引导是如此全面，具有如此的权威。统治者的知识毋庸置疑。他们通过几乎所有渠道对人民实行治理。除了土著和帝国世俗政权，还有传教士，他们通过精神感化和教育产生影响，把同情之心和美德引入日常的国家运行机制。

欧洲社会主义者所面临的第一个，也是最棘手的困难就是选出共产主义社会所必不可少的、被赋予绝对大权的管理者。倘若我们能从外星得到一群人，他们在道德、科学素养、智慧和力量等方面的杰出品质为世所公认，那么这个问题将不复存在，我们只需耐心等待有利有弊的普选结果。但是如果没有这些天赐之人，如何选出管理者，选出之后又如何控制，如何更替，这个问题依然是政治上的首要问题，即使把政府在功能上的自由度严格加以限制，情况也仍然如此。

但乌干达却没有这个问题。乌干达的统治阶层来自于遥远的外来势力，其各方面的管理素质都远比巴干达人优秀，正如威尔斯[1]先生笔下的火星人相对于我们地球人一样。英国行政管理人员绝对廉洁奉公，他们有自己的薪水，这就足够了。他们唯一目

---

1 赫伯特·乔治·威尔斯（Herbert George Wells，1866—1946），英国作家，以科幻小说闻名于世，被誉为科幻小说之父。

的就是推动这个国家的进步，让人民满意——这就是衡量他们业绩的唯一标准。除了这个途径，没有任何别的途径获得嘉奖或声誉。他们执行公务的过程还受到更高一级监管部门的监督，这个部门专门为管理这些行政人员而设立，而这个部门要对民选的国会负责。在整个行政管理链条中，没有任何一环有腐败、贪污和渎职的空间。

显然，在利用公民的劳动力方面，国家应当比私人雇主拥有更大的权力。每一个欧洲国家的臣民都有保卫国家、抵御外来侵略的义务。巴干达人则没有这个魔咒的困扰，他们的最大义务就是耕种、开发自己生活于斯的美丽土地。如果人们希望以人道而高尚的方式将全体勤劳的人民加以科学的组织，将其劳动成果全部用于他们的物质和生活水平的提高，乌干达的条件最为理想不过了。

如果认为在有些地方有必要实行社会主义，那么在社会主义的原则加以普遍推广之前，在乌干达进行这样的先行实验，也肯定是很有价值的。

第七章 "徒步考察"

到这里，读者们真得看看地图了。在这之前，我们一直乘坐火车、汽船，享受着便利而快捷的现代交通工具。我们穿越过蛮荒孤寂之地，那是坐在火车车厢里完成的。我们闯进了狮子的地盘，那是坐火车开进去的。我们也曾徒步旅行，可最终还是回到了铁路。到了里彭瀑布以后，我们不再依赖机器，不再享受蒸汽动力以及它所带来的便利，我们要"砍断缆绳乘风而去"。没有了大汽船的帮助，我们要暂时划着小舢板在宽阔的水面漂流。往回走返回蒙巴萨，三天的旅程可达九百英里。往前走，如果运气好的话，同样的时间可以走四十英里。此时走回头路倒是轻松快捷，一周以后恐怕就不可能了。往前走就意味着必须走到底。

非洲各地都正在开辟大通道。我们沿着从东部到中心的通道行进了将近一千英里。在遥远的北部，英国在和平与战争年代已经打通了另一条通道。从亚历山大到开罗，从开罗到瓦迪哈勒法，从哈勒法到柏柏尔，从柏柏尔到喀土穆，从喀土穆到法绍达，从法绍达到冈多科罗，都有长达近三千英里的铁路和水路的无缝连接。但在金贾码头到冈多科罗码头之间，还横着一道尚未

第七章 "徒步考察"

征服、举步维艰的荒野和丛林所构成的鸿沟，要穿越这道宽广的鸿沟，旅行者必须一步又一步艰难跋涉，历经艰难险阻。我们现在要穿越的，就是这道鸿沟。

从尼穆莱到冈多科罗途中
上排左起：里德上尉，马希先生，戈尔迪医生，奥姆斯比先生。
下排左起：威尔逊上校，丘吉尔先生，迪金森上尉，菲什本中尉。

从维多利亚湖到阿尔伯特湖的直线距离大约是两百英里，而且是下坡。维多利亚湖的海拔比英国最高峰还要高。从这个高海拔内陆海出发，尼罗河水一路向下，经三千五百英里长的河道流入地中海。从维多利亚湖到阿尔伯特湖这一段是这条河的第一段，也是最陡峭的一段。如果不与维多利亚湖比较，阿尔伯特湖这第二大水体相当叹为观止：一百多英里长，海拔高度两千三百英尺。就这样，尼罗河就像挥霍无度的年轻人一样，在头两百英里中消耗掉了自己生命历程中三分之一的能量。这一千两百英尺的巨大落差只经过了两步。第一步是里彭瀑布之下三十英里长的一连串险滩，第二步就是默奇森瀑布之上长度相当的险滩。在这两条斜坡之间，则是浩浩荡荡开阔的河道和乔加湖那样平缓辽阔的水面。

因此，我们从一个湖到另一个湖的旅程分为三个阶段。首先用三天时间穿过森林到达卡金杜，也就是维多利亚尼罗河上险滩之后第一个可以通航的地方；接着又花三天时间乘小划子沿尼罗河而下，穿过乔加湖；最后，再花五天从乔加湖西端走到阿尔伯特湖。从这里出发，乘坐小划子和汽艇牵引的铁船，四天后可到尼穆莱，也就是白尼罗河险滩开始的地方。从这里再走七八天可到冈多科罗的苏丹汽船码头。也就是说，五百英里路程要花二十天完成。如果坐火车或轮船，用同样的时间，从蒙巴萨经苏伊士可返回伦敦。

11月23日一大早，我们一行开始了这一次旅程。对一个中非官员而言，从一个营地徒步走到另一个营地是家常便饭。他去"徒步考察"了，在布尔语中，这叫"跋涉"。这是大家习惯了的生存状态，一次考察往往持续数周，有时长达数月。在他的心目中，十天的"徒步考察"就相当于我们在国内去一趟苏格兰，二十天的"徒步考察"无非就是我们所说的去一趟巴黎。"徒步考察"本身是源自阿拉伯语的斯瓦希里单词，意思就是徒步长途

第七章 "徒步考察"

跋涉以及相关的活动。一次考察要涉及你本人、其他人以及你携带的一切东西——食物、帐篷、枪支、衣服、厨子、仆人、护卫以及脚夫，尤其是脚夫。没有了蒸汽动力的帮助，脚夫就成了主要的动力。这些衣衫褴褛、背负行李蹒跚而行的人物，他们就等同于移动的距离单位，决定了你能走多远。没有脚夫，你寸步难行。有了脚夫，如果一切顺利，你一天可以走十到十二英里。他们能背多少东西？他们能背多远？这些问题决定了你的计划，也决定了你的命运。

每天早晨，脚夫分成若干组，每组约二十人，每组一个工头。平均每份行李重六十五磅，也按人数大致分成几堆。一组脚夫动身后，下一组急忙冲向下一堆行李，大家一边推挤，一边尖叫，长达一刻钟之久。最身强力壮的人径直冲向看上去最轻的行李。在严厉而能言善辩的工头的呵斥下，身体最瘦弱的人只好在山一样的行李旁默默流泪。到最后，一堆行李总算大致公平地分配妥当，这一组人接着出发，哀号声惊天动地，以证明他们要完成这一天的行程要卖多大的力气。

专员公署距离瀑布仅半英里之遥，在这里水声不绝于耳。在大家尽量妥当地解决这些问题的时候，我、总督和一位工程师官员来到里彭瀑布。虽然瀑布高度和水量属于中等规模，但其形状，尤其是水势非常震撼。一道黑色石梁构成的天然屏障挡住了大湖的出路，湖水从两处断裂或冲刷而成的缺口倾泻而下，壮丽的尼罗河顷刻间诞生，宽达三百英尺的河水开始了华丽的旅程。

里彭瀑布附近的森林

站在石壁顶端的边上,你的视线与闪亮的湖水几乎成同一平面。就在你脚下近一码的地方,一道广阔的绿色水坡奔涌而下。下面是绿树间跳跃的一道道水沫翻飞的激流,还有一个个水潭,阳光下有大鱼不停地飞出水面。足足三小时,我们观看着流水,思考着一个个将其驯服的方案。如此巨大的水力白白流掉,如此有利的地势竟然没有加以利用,撬动非洲自然之力的杠杆竟然没有加以掌握,这一切不能不让人痛惜、浮想联翩。让古老的尼罗河流过水轮机,再继续它的历程,这该是多么有意思的事啊!不过,我还是接着往下写吧。

此时,脚夫们已经走远了,我们必须冒着正午炎炎烈日跟上他们。乌干达总督和他的随员要乘汽船返回恩德培,于是,我在这里和他们道别,最后看了一眼下面闪亮轰鸣的里彭瀑布,我爬上了河岸的斜坡,走进森林。当地人踩出的小路从尼罗河开始,沿东北方向深入森林茂密的山区。小路两旁是十五英尺高的象草。山谷里到处是高大的树木,有的在头顶上横过,上面爬满了

第七章 "徒步考察"

一片片开花的藤蔓。道路左右不时现出一道林间空地，明媚的阳光洒进阴暗的树林。小河交汇的地方，蝴蝶翩翩起舞。各种各样的鸟儿在林间飞翔。丛林密不透风，常有动物出没。你手里握着枪，徒步走过一条条神秘的小路，四周是如此美丽，如此可怖，此时你意识到，这是在非洲的中心，远离伦敦皮克迪利大街和威斯敏斯特帕尔摩大街——这样的经历堪称刻骨铭心。

我们第一天走了大约十五英里，由于很热的时候才动身，我觉得这一天已经走得够远了，而且还有余力。蜿蜒的小路时而上坡，时而下坡，有时穿过朦胧的林间山谷，有时爬上灼热的山坡。有一段时间，每到转弯的地方，我真希望转过去就是营地，最后我们终于到达了营地。这里有两排绿色的帐篷，一个很大的"班达"，也就是驿站，和英国大型谷仓一般

图上：艾苏河附近的棕榈树
图下：驿站前皇家非洲步枪旅卫队

大小，位于一块漂亮干净的空地。这些"班达"是非洲旅行的一大特色。我们路过的所有"班达"，都有尽职尽责的管理员精心打理。不多时，他便带着各种各样的礼物前来迎接。两个手下把一只颀长、黑脸、咩咩直叫、尾巴像南瓜一样肥大的绵羊拖向前来。还有随从拿来活鸡、一罐罐牛奶、一筐筐鸡蛋。管理员是一个样子很机灵的高个子，彬彬有礼，脸上挂着本地人特有的可亲的笑容，他端庄而友好地向我们致意。

管理员为我们准备的客房是竹子结构，中央是一排"Y"形树杈支撑，上面是厚实的象草堆叠而成的坡度很大的屋顶，四周是芦苇编织而成的墙壁。新建的非洲"班达"里面地板漂亮、平整而干净，铺着新鲜的绿色灯芯草，室内巧妙地分割成几个套间，主建筑与结构同样轻巧的厨房和办公室之间，有阴凉的走廊相通。事实上，"班达"是土著人丰富的社会知识和高品位的体现。他们从身边的丛林中取材，建造速度快得简直难以想象。走进高大、阴凉而宽敞的室内，躺在地板上柔软的灯芯草床上，来一杯清凉的饮料，那种舒畅的感觉，让你在赤道的烈日下奔波一天的种种辛苦一扫而光。然而，旅客应当知道，"班达"是奢侈品，新建的"班达"只要超过一周，就会成为无数昆虫的家园，许多虫子有毒有害，螺旋菌热往往都是由于在旧草房里或者废弃的营地上睡觉而感染。

"考察"生活的回报就是一种成就感，一种超脱的自我满足。你一天得"干掉"好多英里，"干掉"之后，一天的工作就结束了。

第七章 "徒步考察"

日程很简单,除此之外没什么好想,没什么期待。一大早,常常是天亮前一小时,皇家非洲步枪旅的起床号就吹响了。每个人趁着烛光匆匆穿好衣服,在破晓之前吃过早餐。帐篷收了起来,脚夫们背负行李艰难地出发了。一天的旅途开始了。走路就是最主要的事情。在乌干达要保持健康,一天走十二到十四英里就是最靠谱的办法。如果旅客不想费这力气,还有别的选择。其一是上一章提到过的人力车——舒服但乏味;其二是轿子,由六个高矮不一的脚夫顶在头上,不时要改变姿势,猛地一颠,从头上降到肩头,再从肩头举到头上——听起来就不舒服,坐在上面同样不舒服。乌干达不产矮种马,矮种马在乌干达也活不下去,只是最近警察处长想要搞个试点,他相信只要管理得当、精心饲养,矮

露营地

种马就可以大批繁衍。骡子生命力强一些，也好不到哪里去。我们去冈多科罗"考察"的最后一段路带了一头骡子，有人说这家伙肯定活不了，但我们离开的时候，那头骡子还活得好好的，活蹦乱跳。

不过，听起来难以置信，中非最好的旅行方式却是自行车。在旱季，穿过灌木丛的小路给土著人踩得光溜溜的，骑车再好不过。虽然小路宽不过两英尺，两旁茂密的丛林几乎在头顶上交会，但自行车可以沿着小路飞驰，在步步紧逼的茅草和灌木丛中唰唰穿过。虽然每隔几百码就有尖利的石头、松动的石块、水沟或者陡坡迫使你下车，但速度一般可以保持在每小时七英里。想一想这意味着什么吧。以我的经验，如果在乌干达骑自行车每天能走二十到三十英里，如果脚夫能跟得上，我认为旅行的速度能够提高三倍，每位白人官员的活动半径也会相应扩大。

我所遇到的几乎所有英国官员都拥有并使用自行车，甚至土著酋长们也开始拥有自行车。但是，要使这个方案行得通，就需要在所有的主要通道上每隔三十英里就建立一座经过消毒、没有蚊虫的石头房子驿站，构成一个良好的系统。这样一个项目意味着大幅度提高白人官员的健康水平和执法能力。要是我来乌干达之前知道这个方法的诸多好处，我就会以现在速度的三倍行进，我会安排脚夫提前一周出发，把食宿点的间隔拉开，这一来我在这个国度游历的范围就会大许多。如果是这样，我就不是仅仅从一个大湖走到另一个大湖，在同样的旅行时间里，我会游历富饶而人口稠密的托罗高原，再往下走进美丽的塞姆利基河谷，从阿尔伯特湖一端走到另一端，沿鲁文佐里山脉的余脉一路走过。"要是当年早知道……！"

不过，无论怎样的走法，最终也会走到目的地。如果你按照指点，在路上停下来吃早饭，休息一下，几乎你刚走到，新的营地就准备好了。一天最热的时候，大家钻进帐篷，或者躲进"班达"，可以看书、睡觉，直到傍晚。夕阳西下的时候，我们出来抽烟、聊天，那些精力旺盛的人也许还可趁此机会追击一只羚羊，或者打几只珍珠鸡、野鸽子之类的。

夜色降临，传播热病、嗡嗡作响的蚊子也随之而至。为了对付蚊子和其他虫子的骚扰，必须采取最彻底的措施。我们吃饭的地方是一个完全由罗纱织成、体积约十二立方英尺的大蚊帐。如果条件允许，卧具都放在铁皮箱子里，白天再铺开来，扎好蚊帐，以对付各种害虫。每个人都要穿上防蚊靴——柔软的高筒皮靴，高到臀部。建议你不要直接坐在藤条椅子上，上面要垫一张报纸或者坐垫，要戴帽子、戴围巾，可能的话还要戴手套，手里还要拿一个舞来舞去的捕蚊器。有了这一身装备，在狂轰滥炸的嗡嗡声中，你就相对安全了。

除此之外，还有别的注意事项。不管地板多么干净，你都不能光着脚在上面走，否则，一种叫"沙蚤"的讨厌的虫子会钻进你的脚，在里面养育无数的后代，在脚上形成一个令人疼痛的大包。还有，穿鞋子或靴子的时候，不管你多着急，要把靴子倒过来看看里面，说不定里面埋伏着一只蝎子、一条小蛇或者绝对可怕的蜈蚣。千万不要把衣服随便扔在地上，要随时把衣服放进铁皮箱，紧紧盖上盖子，否则你的衣服会成为咬死人的虫子的乐园。还有最要紧的东西，那就是奎宁！对于这些边远地区的永久居民来说，任何药物都没多大用处，要么因为耐药性而药效降低，要么必须无限增大剂量。但是，一个只在非洲游历几个月的旅行者却离不开这种了不起的预防药物——安全可靠，好处良多。至于奎宁的服用方法，分歧颇多。德国人哪怕在最说不准的问题上都要坚持精确，他们规定每七天服三十粒，再每八天服三十粒，如此交替循环。我们采用的用法则简单一些，从离开赛德港到抵达喀土穆，我们每天服用十粒。整个旅行途中，我们没有一个人发过热。

第二天的行程与经历和第一天差不多，只是离河水更近一些，穿行在森林中阴暗的小路上，我们不时会看到左侧闪亮的大河。有好多次——五六次吧——我们遇到了长队的土著脚夫，他们把乔加湖和埃尔贡山之间富饶土地上的物产运往金贾。贸易尚处于初期阶段，然而潜力巨大，由蹒跚而行的人们的头顶支撑着，随时准备沿着丛林中的小路走向前方，没有比这更能说明改善交通的必要性了。

第三天上午，我们走过了"香巴斯"，也就是土著们的一片片耕地。道路在香蕉、小米、棉花、蓖麻和辣椒地中间穿过。如同乌干达全境一样，乌索加大宗作物就是香蕉。这种水果只要种下去就会自行生长繁殖，不用费心照料，尤为得过且过的土著人所喜爱，用之不竭的香蕉年复一年养育着他们，除非有天灾或可怕的饥馑重新恢复自然界严酷的平衡。

走了十二英里之后，我们到达了卡金杜。我们天不亮就动身了，所以时间还比较早。小路离开了浩瀚的香蕉林，向下进入烈日炎炎的开阔地，前方就是尼罗河。离源头四十英里，到出海口还有将近四千英里，然而到这里它已经成为一条蔚为壮观的大河——将近三分之一英里宽，一泓清澈的河水在绿茵覆盖的河岸间滚滚向前。等待我们的是"乔加船队"，由一艘铁制小型汽轮"维多利亚号"和两三条树干挖空的独木舟组成。我们在烈日下花了好长时间把行李装上船，把土著仆人塞进去之后，我们第一次离开了第一轮护卫和脚夫，开始了水上之旅。

接下来的三天里我们在水上度过，首先沿维多利亚尼罗河顺流而下，直到河水注入乔加湖，然后横穿平静清澈的湖面。每天傍晚，我们在布索加酋长为我们准备的营地上岸，支起帐篷，生起篝火，搭好蚊帐，此时黄昏将至，每年这个季节很常见的雷雨在黑沉沉的地平线上轰然翻滚。整个白天最热的时段，我们坐在巨大的独木船里，在临时用灯芯草和湿草搭起的船篷下躲避炽热的阳光。有时候，能看见模样奇怪的鸟儿，运气好的时候，还能听到把鼻子露出水面的河马的哼哼声，这让闷热而漫长难熬的时间有了些许生气。一块巨大的岩石上挤满了身躯庞大的鳄鱼，至少有十多只吧，一看见人便一齐跳进水中，场面十分震撼。

在维多利亚尼罗河快到乔加湖的地方，河面加宽成了潟湖，原来树林和灌木覆盖的岸坡现在成了一道道密不透风的莎草墙，那后面是从这里看不见的平原，在莎草墙上方，不时可见孤寂的三角形山坡，在远方呈紫色。这个湖本身从东到西长约五十英里，宽十一英里；但由于有许多湖湾和河汊伸向四面八方，尤其是北面，这一来，经水路可以通往许多地方，这增加了湖的面积和周长。所有的湖湾甚至湖中央很大一片地区都长满了芦苇、水草和水莲，原来乔加湖是一块巨大的海绵，蓄积着尼罗河大量的水量。湖水深度通常可达十二英尺，航行却受漂浮的芦苇和水草阻挡。每当风暴横扫北岸之后，那无数莎草纠结而成的岛子便分离开来，在湖面漂来漂去，挡住了平时的水道，很让舵手伤脑筋。

漫长的一天里，我们这艘颠簸的小汽轮拖着几条独木船在这片奇特的水面哗啦哗啦地穿行。有时候，我们在森林般的莎草中、充其量十码宽的水道中逶迤而行，钻出去后豁然进入宽阔的水面，时常停下来清理缠在螺旋桨上越积越多的水草。湖心浩瀚而平静，湖岸和芦苇退向远方，整个宇宙成了一个巨大的天水相接的蓝色圆球，中心镶嵌着一道碧绿的细线。时间消失了，唯有空间和阳光。

这期间，我们必须时时小心避开北岸，尤其是西北岸，那些地方的土著人都还没有归化，几乎所有的部落都充满敌意。据说这一片禁地上到处都是大象，但要在这里打猎却不可能，到岸上

第七章 "徒步考察"

获取食物或者燃料也非常危险，即使靠近岸边也会招致国王陛下尚未归顺的臣民的一阵弹雨、一排投枪。

在纳马萨莉，尼罗河从湖的西北角流出，注入一英里多宽的水道，两岸依然是茂密的莎草，河上还有一座座莎草结成的浮岛。再往前行进四十英里，我们来到马如利。马如利是一个典型的非洲村子。从地图上看，它的重要性比实地要大。大写的粗体字地名使人想到人口稠密的大型集市。然而你看到的无非是十来个斗形的草房，四周是荒凉的沼泽和迷宫般的芦苇荡，上面一团团乱舞的蚊子。一条长长的树干搭建的码头从陆地伸向可以行船的水面，但通往码头的水道完全为一座水草结成的浮岛阻断，我们费了好大的劲把它拖开之后才靠了岸。在这里迎接我们的是另

到达马如利

一队来自皇家非洲步枪旅的护卫队,他们的军服一尘不染,动作一丝不苟,就像在奥尔德肖[1]执勤一样。在这里迎接我们的还有另一队脚夫,以及北岸唯一友善的部落。帐篷支起来了,行李卸下了,晚饭的篝火生起了,这时,那四百个手执长矛的蛮人,把身上的豹皮扔到一边,赤身露体地在暮色中跳起舞来。

---

[1] 奥尔德肖(Aldershot),英格兰南部汉普郡军事重镇。

第八章　默奇森瀑布

尼罗河在马如利转向北方,我们本来打算在这里离开尼罗河,直接前往阿尔伯特湖边的霍伊马。取道马辛迪,这段旅程需要四天。但有关默奇森瀑布美丽壮观的故事让我难以释怀,在卡金杜上船之前,我毅然改变了计划。派了几个人飞速赶往金贾的电报局,电报从金贾经坎帕拉发往霍伊马,通知原定在那里等候我们的船队开往阿尔伯特湖北端,在发让的默奇森瀑布脚下迎接我们。我们到达那里需要走五天:两天时间到马辛迪,再北上到尼罗河需要三天。

从马如利开始,道路如田埂一般穿过荒凉、地势低洼的灌木和矮树林。在这个季节,板结的黑色棉花地泥土铺就的小路给太阳晒得支离破碎,如果骑自行车,道路虽然坑坑洼洼,倒也坚硬结实。要是到了雨季,这些小路肯定寸步难行。愈往西行,景色陡然变佳。离开乔加湖南岸荒凉的湿地之后,我们来到了森林密布的丘陵地区,这是典型的乌干达景色。在去马辛迪的路上,我们又到了景色缤纷多彩的地区。绿树丛中一泓泓碧水在阳光下熠熠生辉。四周连绵起伏的大地上矗立起一道道悬崖和山冈。溪流欢快地冲下乱石累累的河道。一片片广阔的香蕉林掩映着许多村落的黄色茅草屋顶。我们这一长队"考察"队员在树下逶迤走过，常有酋长和头人过来行礼，其神态甚为庄重，礼节甚为稀奇。

随着高度下降，气温越来越高，一大早，太阳就火辣辣地照在肩头。到上午十点，太阳威力逼人。道路是疙疙瘩瘩的黑色棉花土块铺成的自行车道，虽然好些地方还算可以接受，却很不舒服。但随着土质的变化，风景也变化了。现在，田野是鲜艳的红土，雨水冲刷过的红色沙石铺成的小路几乎像柏油路一样平整坚实，上面的晶体闪闪发光。爬上了乔加湖和阿尔伯特湖之间的分水岭之后，我的自行车几乎不用踩踏，一路下坡滑行四英里冲到马辛迪。这个驿站是税收官的驻地，依偎在广阔山坡的怀抱之中，坡度平缓，树木葱茏。这真是一个赏心悦目的地方。这里有真正的房子，建在高高的石头地基上，有宽阔的走廊和铁丝纱窗。道路由粗大的红线划分开来。这里有人工修建的林荫道，优雅的花圃，美味的早餐，冰镇饮料（不是一般的那种冷饮），一个电报房，还有一夹《泰晤士报》。有了这一切，一个探险者还能希冀什么？命运女神还能赐予别的吗？

从这里开始，我们要向北前进，在发让到达尼罗河，这段路程脚夫们要走三天，每天约十六英里。为了我们旅行的便利，本来在霍伊马沿途已经做了一些准备，清除了路上滋生的灌木，搭起了歇脚的小屋。由于我改变了计划，这些准备工作白白浪费了。我们要走新的路线，得自己清理道路，这里的道路只要一个

第八章　默奇森瀑布

季节没人使用，就会被蔓生的灌木阻塞；我们还得自己搭建帐篷和临时歇脚的棚子，这就拖慢了进度，宿营的条件也只好从简。但是，绮丽的风景足以弥补这一切不便。

一整天，我们沿着霍伊马森林的边缘，在茂密得难以描绘的草木中钻行。我去过古巴和印度的热带森林旅行，常为那些地方迷人而繁茂得可怕的植物而赞叹不已。然而，乌干达的森林是那么壮丽，那样千姿百态，林中的生灵——植物、鸟类、昆虫、爬行动物、猛兽是那样丰富多彩，规模和自然过程的运行是那样宏大，在乌干达森林面前，我对古巴和印度的所有印象都黯然失色，甚至烟消云散。看到生存与死亡的巨大冲撞，心中无不暗暗产生一种厌恶之感。繁衍与腐朽紧紧地锁在一起，在永恒的拥抱中相互竞争。在这片灿烂的赤道贫民窟中，巨大的树木为了生存空间你推我挤，弱小的植物为了阳光和生存痛苦地向上伸展。各种植物破土而出。每一个优胜者践踏着已经死亡的竞争者，正在腐烂的尸体冲向天空，结果还得面对另一群争夺空气的对手，身上吊满了一团团寄生植物的枝叶，被繁花盛开的攀缘植物勒得喘不过气来，被无数盘根错节的藤蔓紧紧缠住。鸟儿像蝴蝶一样鲜艳，蝴蝶像鸟儿一样硕大。飞翔的生灵让空气嗡嗡作响，泥土在脚下蠕动。北上通往冈多科罗的电报线路就穿过这片植物的迷宫。即使电线杆在这里也绽出新芽。

我们随着波浪般不断起伏的大地前行，刚才还是一片灿烂的阳光，马上又走进修道院般的幽暗，有时候小路又成了平整、宽敌、坚实的沙石路面。在这里，你会看到一队队行军的兵蚁。差不多每一百码就有四支强大的军队穿过小路。它们排着整齐的队列，坚韧不拔地朝着既定的目标前进，就像一道差不多两英寸宽半英寸高的棕色带子划过小路。蚁军的两头消失在丛林的深处，滚滚向前，争先恐后，每一只蚂蚁向前飞跑，要么踏着地面，要么踩着行进中同伴的背上。大部队两侧约一码，是两列侧翼护卫队，从此处往外五码范围内，每一英寸土地、每一件东西都要经过不知疲倦且英勇无畏的侦察兵们仔细的搜索、检查。凡是挡道的敌人，不管有多大，不管是什么来头，都会立刻受到越来越多的战士们的攻击，每一个战士凭着冷酷无情的本能把自己强大的口器插进敌人的肉体，宁可把头扯断也绝不松口。

这些蚁军让我着迷。我实在忍不住要作弄它们一回。我用手杖轻轻地插进蚁军，把这根向前蠕动的绳子拨离它行进的方向。一时间，它们的惊讶、它们的混乱、它们的愤怒简直无以复加。但是，它们片刻也没有停下脚步。刹那间，侦察兵爬满了我的靴子，疯狂地寻找入口，我回头再看手杖，这东西已经生机勃勃。不知道当时究竟为什么那么敏捷，我把手杖扔了出去，跳出了危险的圈子，在老远的一块大石头上找到了避难所。护卫队的苏丹军士长是个很精神的黑人，他像禁卫军一样训练有素，卡其布军服上挂了一长溜勋章绶带，此时竟忘了自己的身份，咧嘴笑开了花。不过，我请他把我的那根手杖从得意扬扬的敌人口中抢救回来，他立刻严肃起来。多亏了这位尽职尽责的人，这次危机才得

第八章 默奇森瀑布

以解决。

我还得讲一件不愉快的事情,那就是邪恶的蝴蝶。这些飞翔的女妖我以前从未见过。它们穿着华丽的衣服,色彩和样式之多实在无法想象,我们每走一步,它们就在面前炫耀。燕尾蝶、豹纹蝶、红纹蝶、玳瑁蝶、孔雀蝶、橙尖粉蝶——每一种都有十多个新颖而千姿百态的花色,还有许多更为漂亮,但没有一种和英国的品种相似。它们在阳光下的花丛中掠过,在大树的树荫中闪现,在潮湿的路上聚集,吸取地上的湿气。蝴蝶是肮脏的食客,只要地上有任何腐烂发臭的东西,上面肯定挤满了这些贪婪的昆虫。它们的衣着如此华丽,吃的食物却如此龌龊。蝴蝶沉醉于吃喝的时候,我无须抄网就可用手指头轻轻地抓起几只。

只要你在不列颠收集过美丽但现在已经非常珍稀的蝴蝶标本,这样的情况简直是挡不住的诱惑。这样的诱惑我足足忍了一个星期,不是因为制作捕蝶抄网很难,而是因为固定和保存战利品不容易。直到我们从马辛迪出发第一天旅程结束之后才有人告诉我,把蝴蝶从非洲寄回家的最佳办法就是把它们封装在折叠整齐的三角纸袋中,到伦敦后再加以固定。我立刻用电线和蚊帐做了一个抄网,这一来,我装备齐整,就等天亮了。说起来简直难以置信,从那一刻开始一路走到冈多科罗,除了在默奇森瀑布附近,我几乎再也没有看见一只算得上漂亮的蝴蝶了。到底是因为这些邪恶的虫子太狡猾,还是因为我们离开了森林最幽深的地区,我倒没有研究过,但结果就是这样。关于乌干达蝴蝶,我带回的只是由于错失良机而饱受折磨的回忆。

从马辛迪出发的第一天很漫长，我们的脚夫气喘吁吁，顶着烈日背负行李艰难前行。大部队直到下午才走到营地，掉在后面的人黄昏时候才陆续赶到。这期间，当地土著以非凡的速度、娴熟的技巧，就在我们面前用周围采集的象草和竹竿编成了一个宽敞的饭厅，两三间相当漂亮的睡房。在这两间简朴的房屋里，我们舒舒服服地吃了一顿，感觉就像住在皇宫一样。第二天，森林里树木稍微稀疏了一些，但灌木还是一样的茂密，盘根错节，生机勃勃。我们在太阳升起之前一小时动身，到上午八点已经登上维多利亚尼罗河谷高耸的崖壁的鞍部。这里距下面的平原平均高度约六百英尺，从这里，我们第一次看到了下面的全景。极目望去，全是一片浩瀚的绿色大海，浅色的是灌木，深色的是森林，随着地势波浪般地起伏，间或有山峰露出。西北方有一道长长的银色微光，透过地平线上的雾霭隐约可见，那就是远处阿尔伯特湖的样子。这样的全景图照相机没法儿真实地再现。照片上，这一片片广阔的绿海看上去无非是灌木丛生的公共绿地，看起来冷漠而单调，感觉上寂寞而苍凉。大家要知道，这里可是英国皇家植物园加上伦敦动物园再放大无限倍的效果。在此处，自然界的中央生产实验室在夜以继日地全速运作。图片上的灌木绿地其实是沼泽和峡谷构成的仙境。十万大军走过，你站在悬崖上竟看不到一把刺刀的闪光；一支炮队穿过，你竟然看不到一缕尘土。

我们这一晚的营地就扎在这个蛮荒世界中心地带一片小小的

第八章 默奇森瀑布

空地上。棕榈树华盖下几座映照在篝火中的帐篷，明亮的灯光，来来往往的人，人的活动造成的嗡嗡声，从一百码的距离看过去，这就像自然这片汪洋中一个有人的小岛。无论向任何一个方向走出四分之一英里，除了肯定迷路，你还会遭遇到什么意想不到的危险呢？离开篝火，你就完全被史前的蛮荒所吞没。然而，只要前行，你就可以通过电报获知伦敦市场上的最新行情，还有最近补选的议员消息。这感觉可真是奇妙啊！

默奇森瀑布

第三天，我们出发不到一个小时，天色破晓，听到空中有一种低沉的颤音。我们下坡走进一条潮湿的山谷，这声音消失了；登上山坡顶端，这声音愈加强烈地冲击着耳朵——这是尼罗河冲下默奇森瀑布的声音。九点,就在我们离瀑布还有大约十英里的时候,这声音变成了清晰、响亮、不绝于耳的轰鸣。尼罗河全程最为壮观的部分无疑就是默奇森瀑布。在福韦拉,从乔加湖开始一直可以通航的河道为一系列瀑布所阻断,湍急的河水泡沫翻飞,冲下夹在崖壁中连续不断下降的阶梯,形成一道宽阔的激流。在发让上游两英里处,两岸的崖壁突然靠拢形成不到六码宽的狭缝,从这道水龙头喷嘴一样狭窄的口子,整条浩大的河水呈一束水流射入一百六十英尺的深渊。

尼罗河水倾泻而下的河床呈弧形展开,形成一个巨大的水湾,四周围着陡峭的绝壁,其间有较为平缓的裂谷,这就是阿尔伯特湖的东部屏障,从这里流入的河水使湖面许多地方陡然升高到海拔六七百英尺。往下走到湖湾的边上,可以看到维多利亚尼罗河的下游,它就像一条闪亮的宽阔丝带,一英里又一英里向下伸展,几乎一直飘向湖口。瀑布本身的确是看不见的,它掩藏在树林覆盖的绝壁之后,但咆哮的水声让人毫不怀疑瀑布的存在。我的脚下,一条弯弯曲曲的小路经过一道道长长的下坡路通向水边,在一片空旷的草地上,已经搭起了一排帐篷和草屋。

发让再也不是一个人丁兴旺的土著人镇子了。"昏睡病"造成了乌干达历史上前所未有的破坏。最近两年死了至少六千人。全部人口几乎一扫而光。活下来的人勉强凑够了前来欢迎的代表,他们身穿白袍,一来到经过清理的营地入口,我们立刻就看到了他们。这块经过清理的区域本身极为重要,在这块区域之外,瘟疫的力量非常强大。两岸伸向河水的小树丛中滋生着成群毒性更加强大、更为凶狠的采采蝇,任何人走进去莫不冒着生命危险。我停下脚步几分钟,观看着对面山上在树之间跳跃、像人一样大的狒狒,这之后,我走下小路,给欢迎的这群人拍了照,和酋长握了手。他是个极为文明的酋长,名字叫詹姆斯·卡哥,他穿着马裤和长筒皮靴。他有几个英语句子讲得非常好,很是出乎意料。他心情极好,跟在他身后的其他人也是一样,这到底是由于他们斯多葛派的处世之道还是待客的礼仪,我不知道。大家全都满脸笑容,一次次鞠躬,叽叽喳喳地表达喜悦。和我一同旅行的地区专员解释说,酋长修整了通往瀑布顶端的小路,我们午餐、休息之后,他还要带我们从这条路到深谷的最边上去;只是

发让,欢迎我们的本地土著

由于岸边森林里的采采蝇非常危险，进入森林之前我们要做好防范，戴上手套和头巾。对于这些我都毫无异议。

我们的阿尔伯特船队已经赶到了一个天然小湖湾、两岸岩壁夹道的湖口。船队共有四条船：长约四十英尺的汽船"肯尼亚号"，有甲板、船舱，吃水四英尺；另外三条是大小不一的铁帆船——"詹姆斯马丁号""愿景号"和"基希吉里号"。这些船要带着我们沿维多利亚尼罗河顺流而下进入阿尔伯特湖，穿过湖的北端，然后经白尼罗河航行一百七十英里，直到航道为又一系列瀑布所阻的尼穆莱。船队的船员是一群快活的斯瓦希里水手，他们穿着漂亮的白色马裤和蓝色汗衫，胸前绣着"乌干达海运"这几个已经褪色的黄字。汽船的工程师是整个船队的指挥，他纪律严明，

停泊在发让的小船队

足智多谋。尼罗河地区和阿尔伯特湖周边的商业和交通全靠这样的小型船队维持。我们的船队停靠在湖湾中抵挡激流的防波堤后面，这里真是一幅赏心悦目的画面。再过去就是尼罗河，河面翻滚的瀑布激起一道道波浪，时常覆盖着奶白色的泡沫，六百码宽的洪流滚滚而下。

我们顶着炎炎烈日开始朝瀑布顶端攀爬，平生第一次我不得不承认，中非的太阳和炙烤着印度平原的太阳同样毒辣。然而，即使是在最难熬的时候，这里也相对好受一些，因为微风习习，所以火炉里的热浪不会把你闷死。小路的第一段穿过热得要命的树林。当然，这里有最美丽的蝴蝶，有的翼展达五英寸，它们就在你面前不远不近地飞来飞去。有时候，我们下坡经过水边，河水拍打着岸边的岩石，在一个个枯枝烂叶结成的岛子下打旋。这些地方有各种各样的危险，需要小心谨慎。过了默奇森瀑布，尼罗河里鳄鱼成群，有的身躯非常庞大，每隔半英里左右还有成群的河马。为了对付大型野兽，我们必须带枪；为了对付更为毒辣的小东西，我们得用手套和面纱武装起来，这一来，我们可遭罪了。说真的，面纱实在讨厌，热得实在难受，我决定冒着被采采蝇咬的危险，摘掉面纱。不过，在采采蝇嗡嗡嗡地威胁了我半小时之后，尤其是一只没准儿很凶狠的采采蝇真的停在了我的肩膀上，幸亏我的同伴身手敏捷，将其赶走。这之后我才改变了主意。

沿着河岸攀爬的时候，我们看到一只鳄鱼正在河中间的大石头上晒太阳，离岸边五十码。虽然不大好意思说出口，但我得承认自己就是痛恨这种畜生，就是想杀了它们。当时的情况也真是让人手痒，那坏家伙就在烈日下睡着了，嘴巴张得老大，鳞片覆盖的肥肥的腰部露在外面。两三只白色小鸟在一旁侍候，跳来跳去寻找食物残渣，我一直相信它们有时候会直接在鳄鱼的牙缝中啄取残渣，（希罗多德不是信誓旦旦地说有这回事吗？）我开了枪。结果怎么样我就不知道了，那鳄鱼不知是疼痛难忍还是大吃一惊，一下子跳进水里消失不见了。接下来轮到我大吃一惊了。这里离瀑布不远，河面不到三百码

图左：默奇森瀑布顶端

图下：乌干达景色

宽，我们能清清楚楚地看到整个对岸。它就像一道长长的棕黄色泥巴带子，阳光沉闷地照在上面。枪声一响，至少长达四分之一英里的河岸顿时毛骨悚然地活了过来，我和伙伴们看见各种各样大大小小的鳄鱼疯狂地扎进尼罗河，沿岸的河水掀起一排白色的水花，恰似一道巨浪炸开了一样。毫不夸张地说，这一枪惊起了至少一千只这种爬行动物。我们同行的英国朋友解释说，发让是鳄鱼最喜爱的栖息地，它们潜伏在瀑布下面的水中，等着河水冲下来的死鱼和其他动物的尸体。他们说，河上游和乔加湖常有病死的河马冲下来，水力会"折断尸体的每根骨头"。"说实在的，"这位官员颇有些晦涩地补充道，"它们的尸体没有给搅成肉酱，还真是幸运呐。"

我们转过一道弯，终于来到瀑布面前。瀑布极为壮观，并不完全由于其骇人的高度，更主要是由于通过如此狭窄的出口涌出的巨大水量。看一下瀑布下面的滔滔大河，实在不可能相信这条河竟完全来自这一道水流。冒着挂满彩虹的一团团水雾，迎着巨雷般的轰鸣，我们开始攀登南边的石壁，一小时后，我们到达了顶端。你可以走到离绝壁边沿仅一英寸的地方，趴下身来，把头小心翼翼地伸出去，亲眼看一看下面那白沫翻飞的地狱。以前听人说谷口非常狭窄，还真没有夸张。从崖壁这边到那边到底有没有十五英尺，我不敢肯定。事实上，在这个点上，只需十英镑就可在尼罗河上架一座铁桥。不过显而易见的是，呈弧线倾泻而下的河水肯定掏空了水面之下极大量的岩石，否则整条大河就不可能有足够的空间下降。

我们在这个神奇的地方待了许久,观看着汹涌的水流,赞叹其壮观的气势,默默计算着水流的能量。谁会怀疑,我们将用笼头将它驯服、按我们指引的方向奔流呢?谁会怀疑,如今人口凋敝、濒临废弃的发让总有一天会随着机器制造和电力生产而兴旺发达呢?我不相信现代科学会袖手旁观,让这巨大的能量放任自流而不加驯服。除了毒虫和气候,这些地区物产之丰饶无与伦比,用之不竭,能够与年俱增地向现代工业提供各种东西。我不相信这些地区将永远得不到开发利用。可以肯定,只要我们继续这样无所作为,世界经济将缺失关键的一环。如果说急功近利既浪费又愚蠢,那么,裹足不前则更为浪费而愚蠢。

突然间,尼罗河水打断了我的沉思,湍急的河水在靠近崖壁的地方遭遇乱流,掀起一道巨浪,本来高高露出水面的礁石上河水沸腾起来,把一股险恶的水流打在我的脚上。

第九章 河马营地

我们花了不少时间把行李、食物和帐篷装上汽船和铁驳船,营地里三点半就一片繁忙,到可以上船的时候天已破晓。这时,"詹姆斯马丁号"卡在了离岸几英尺的一块岩石上,看来卡得很死,尽管汽船开足了马力拼命往前挤,强大的水流也把我们往前

发让码头

推，汽船就是纹丝不动。没办法，我们只好把所有行李从这死活走不了的船上卸下来，再把卸下的货转到随行的独木船上。这之后，詹姆斯·卡哥吆喝手下的族人跳进不到五英尺深的水里，汽船开足马力，人们在后面往前推，往上顶。但是，土著们最不愿意干的就是这活儿了，因为他们害怕鳄鱼，虽然这里人声鼎沸、机器轰鸣，但鳄鱼随时都会扑上来。没办法，身强力壮的酋长挨个抱住他们的腰，把他们一个个扔进水里，到后来，船周围凑了至少二十人。这一来，他们急不可耐地想尽快了结这桩不情愿的事情，同时我们用绳子使劲往前拉，"詹姆斯马丁号"终于重获自由，重新装上行李之后，我们出发了。

我们慢慢驶到河水中间的时候，瀑布最壮观的景色展现在我们眼前。此时天色已亮，但太阳还没有从尼罗河水翻过的那道坎后露出头来。高高矗立的两岸足有克利夫登森林两倍之高，笼罩在巨大茂密的森林的暗影之中，一片黑暗。河水犹如一条宽阔的铁灰色毯子，上面交织着一道道稍亮的泡沫条纹。瀑布的出口是乌黑的岩石，在一束阳光的照耀下，汹涌而下的激流闪闪发亮。这神奇壮阔的风景——尽管远道而来，绝对不虚此行。

不久后，我们进入了河马的天地。每隔两三百码，每一个转弯的地方，都会遇到数量五到二十只不等的河马群。我们坐在汽船里，河马不是威胁，也没有危险。但是，它们与独木船不共戴天，经常导致当地打鱼人的死亡，在它们的血盆大口中，小船就像蛋壳一样脆弱。事实上，从这里一直到尼穆莱，尼罗河上最恐

第九章 河马营地

怖的东西就是河马。要是把一头河马——几乎是世界上现存的最大的哺乳动物——错当成一枝水莲，想象一下那是什么后果！犯这样的错误真是太容易不过了。河面上到处都有断了根、顺水而下的水莲。河马的习性是在水下游荡，只把眼睛和耳朵尖露出水面，有时候也把鼻子露出来，把身子藏在水下，在三百码的远处看过去，几乎和漂浮的植物没有区别。我觉得河马也像虎视眈眈的猎豹。虽然如此，一看见我们转弯，听见螺旋桨的声音，它们也会把头完全伸出水面，然后立刻又厌恶地潜入水底。我们应对的方法则是关掉汽轮机，静悄悄地从它们头上划过。船到了一群河马的正上方时，河马由于好奇，或者需要换气而不得不浮出水面，我们就有了开枪的机会。一个大家伙就在离船五码的地方露

发让，尼罗河上的清晨

发让

出头来换气，它的鼻子喷出一声巨响，然后一头扎进水里，就在这之前那一瞬间，它硕大、生动的双眼中那种震惊、恐慌、愤怒的神情让人看了真是滑稽。猎杀这种动物并不是容易的事情。它们在你最意想不到的地方探一下头，刹那间又潜入水下。你也不想冒险只是将其击伤，靶子很小而且稍纵即逝。我打中了一只河马，只听子弹砰地打在它身上，它一声尖叫沉入水中。我们等了很久，指望它浮出水面，结果不见踪影，它肯定是给卷到芦苇草团下面，再也出不来了。

默奇森瀑布，土著人叫它卡鲁玛瀑布，距离阿尔伯特湖约三十英里，由于是顺水，我们每小时航行六七英里，这段距离不

第九章 河马营地

算长。在这一段，尼罗河的河道非常通畅。主航道深达至少十英尺，尽管有变幻莫测的沙洲、岛礁、结成团的芦苇和其他杂草，但航行不成问题。河水是清冽的淡水，许多地方宽达半英里。在开头的二十英里，两岸掩映在美丽的树木之中，间或还有水流冲刷而成的陡峻的岬头。不久，我们看到了阿尔伯特湖远处的高山映在西面天空的锯齿形轮廓。再往前走，河岸的风光稍逊，沙洲更加错综复杂，河岸低而平坦，两岸有大片的沼泽地伸入河中。即使在这里，游客所经之地也堪称神奇的世界。

经过五六个小时的航行之后，我们终于通过了维多利亚尼罗河河口，驶向浩瀚的湖区。到了这里，一切都安静下来。要不是时间所限，还有一些人的反对，我真心希望走一条更长的路线；这样的话，我们就能转向南方，环航阿尔伯特湖，在神奇迷人的塞姆利基河溯流而上，在西南岸的森林中旅行，说不定还能一睹鲁文佐里山的白雪呐！无奈，在精心安排的行程的牢牢掌控之下，我们就像去圣诞玩具店的孩子，虽然恋恋不舍地一个劲回头看，却总是在大人的催促下离开了。

然而，有所失往往也有所得。我们一行中有些人赢得了汽船工程师的信任，他透露了一个宝贵的秘密。据他说，在"阿尔伯特湖和尼穆莱湖之间的某个地方"——具体是在哪里就不知道了，有一个只有一两个运气好的人才知道的地方，那里大象比比皆是，犀牛成群结队。请注意，这可不是那种头上长着两只差不多一样长的短角、鼻子上顶着一个肉瘤的普通黑犀牛。根本不是。那里的犀牛是"白"犀牛——布氏白犀[1]，这才是它们的全名。它们的鼻子上长有一根硕大的角，长度将近一码，上唇宽阔而方正。我们当然激动万分，为了节省一天行程，以便比较仔细地观察这种稀有动物，我们决定不上岸搭帐篷，而是通宵继续航行。这一来，我们的工程师朋友就只好再承担起在茫茫黑暗中寻找弯来绕去的水道这项艰巨的任务。

我们离开阿尔伯特湖进入白尼罗河之后，景色美不胜收。刚

即将到达阿尔伯特湖河，远处为刚果山脉

---

[1] 承蒙英国自然历史博物馆莱德克先生（Mr. Lydekker）相告，乌干达发现的白犀牛的学名为方吻犀（Rhinoceros Simus Cottoni）。"草原白犀"为南方犀牛的名称。此处我采用乌干达通行的名称。——原注

第九章 河马营地

果山脉犬牙交错的高峰后面夕阳西落。海拔八九千英尺的山峰和山脊，镶着金色的火焰，一个接一个展现在深紫色的岩石波涛之中。湖面犹如无边无际的大海，朝向西边越来越广阔的水域铺开，越过群山的阴影之后，化为美妙的粉红。我们四条船排成一列，朝向逐渐变窄的北岸和尼罗河航道驶去。

白尼罗河辉煌地流出阿尔伯特湖。从这里一路到尼穆莱，这条河倒更像一个大湖。我估计开头二十英里河面宽达至少两英里。水流舒缓，平静的河水流入宽阔的潟湖与河湾之后，水的流动往往很难察觉。在船队最小、走在最后的"基希吉里号"上，我在船篷下睡了一觉。除了土著舵手和一堆堆行李，船上就我一个人。在凉风的轻抚下，在水波轻轻拍打的摇篮曲中，躺在船上，从梦境中观看飞快划过的黑沉沉的河岸轮廓，还有拉长的月光辉映的水面，真是一大快事。

拂晓时分，我们到达瓦德莱。离开发让后的二十四小时里，我们航行了将近一百英里。无须听到一个脚夫的呻吟，这艘汽船和几条小船就把我们整个"考察队"运到这么远的地方；要是走陆路，这得需要三百人至少一个星期日夜兼程，历尽艰辛。如此巨大的反差使人深切地感受到，利用中非的水道建立起完善的航运系统，尽快利用铁路把各水道连接起来，这是何等重要。

瓦德莱已经荒芜了。高高的河岸上有一长排高高的尖顶茅屋、一个贸易站的断壁残墙，还有几座欧式建筑。这些房屋都

瓦德莱

在最近给废弃了。除了拉多镇,比利时人正在从整个拉多飞地撤离,他们费尽心力建立起来并经营如此之久的一个个贸易站很快就会淹没在丛林中。在尼罗河省,乌干达政府也在减少其驻地和管理机关。看到苦心经营长达半个多世纪的文明正在一步步倒退,游客们无不动容。

我们下了船,爬上杂草丛生、乱石累累的湖岸,站在人们辛辛苦苦为小镇建起的平房和茅屋的断壁残垣之中。白人曾在瓦德莱居住近五十年。半个世纪以来,香烟、报纸、威士忌和泡菜这些文明的产物曾在白尼罗河孤寂的两岸发出微弱的光芒,吸引着开拓者前来定居。无奈后继无人。如今这微光已经熄灭。然而,

第九章 河马营地

我观看着这恢宏的大河两岸一片片广阔的原野、高耸的山峰、苍翠的树林,我片刻也不能相信,尼罗河省和拉多飞地的文明已经消失殆尽,我无法相信如此富饶的地区竟会没有美好的未来。

我们整整一天顺水而行。有些地方,尼罗河迷失在莎草的迷宫中,改变了通往乔加湖的入口,在这里,我们经过了一条弯弯曲曲的通道,在转弯的地方,一次又一次碰撞剐擦。但在大多数地方,河岸是结实的土坡,间或还可看到美丽的红色砂岩断崖,断崖兀然从水边耸起,下面被河水掏空,顶上盖着郁郁葱葱的绿叶。有些断崖壁上有狭窄的小路贯通,像隧道一样曲曲弯弯地通向高处。这些小路非常平滑而规整,就像为了来往于河边而刻意建成的一样,没错,这些小路还真是大象的作品。一群群水禽住在芦苇之中,我们的小船队惊起一队队苍鹭。有时,我们还看见了鹈鹕模样的大鸟,几乎和成人一般大小,默默地单腿挺立。树梢上常常蹲着古铜和奶油色相间的鱼鹰,一边晒太阳,一边搜寻着猎物。

有一次我停下船来,想抓一些蝴蝶,可惜没有发现特别的品种——只是一大堆常见的、普通的大路货,没有一只漂亮、有特色的。除了这些,就是一群群凶恶的蚊子,它们为了保卫自己的地盘而随时准备和闯入者拼命。将近下午四点,汽船突然左拐驶出主流,进入一个五百码宽的半圆形小河湾,我们在"河马营地"靠了岸。

当天时间已经太晚,我们觉得没法儿好好打猎了。离天黑还

图上："肯尼亚号""詹姆斯马丁号"和"愿景号"驶近尼穆莱

图下：河马营地

第九章 河马营地

不到三小时了。但是,在小船上一连窝了三十六小时之后,真想钻进丛林去走一走。于是,我们分成三队,向三个不同方向出发——就像车轮的三根辐条一样的方向。负责护卫的迪金森上尉随医生走右路,威尔逊上校和另一个军官沿着与河岸垂直的方向行进,我则在我们工程师朋友的带领下走左路。我将简述一下我们各队遇到的情况。右队走了一个小时之后,走进了一个很大的象群之中,共有六十多只,没有很漂亮的公象。这些庞大的动物把他们团团围了起来。风向变幻莫测,时间也晚了,况且第二天还有机会,他们觉得还是不开枪、返回营地为好。走中路的威尔逊上校和他的同伴走了大约一英里半之后,突然遇到了一头独行的公象。他们悄悄跟着它走了一段时间,它走开了。大家也没做出什么挑衅的动作,可是大象意识到有人跟踪自己,突然毫无预警地挥起鼻子,哞哞狂叫,发疯一样向他们冲去,他们刚好来得及朝大象脸上开了几枪,马上跳到一边。随后,他们跟踪大象赶了好几英里,但是三个月之后我们才得知这头大象死于枪伤,土著人取走了它的象牙。

　　这就是我朋友们的情况。我们左路这一队从河岸出发,呈斜线一步步走进了内陆。这是典型的灌木地带,草深石头多,有许多普通高度的树林和灌木丛,每一百码左右夹杂着几棵大树和高大的灌木。靠近尼罗河的地方,大片的沼泽地里长着十五英尺高的芦苇,围成一条条长长的河湾和河汊深入陆地,据说这里就是白犀牛出没的地方。我们小心翼翼,艰难地走了将近三刻钟,这时，透过一片空地，我看到大约两百码之外有一只巨大的黑色动物，以我在中非的经验判断，这肯定是一只犀牛。我们停下脚步，用望远镜仔细观察，它的体形好像一下子增大了三倍，向两边张开的巨大的耳朵就像两扇落地窗大小，这分明就是一头非洲象。接下来，我们看到了一头又一头大象，它们不慌不忙地径直朝我们走来——我们差不多完全处于上风向啊。

我们迅速朝旁边移动，跑到附近一座食蚁兽土山顶上，从大约一百五十码开外观察着这十一头威风凛凛、让人望而生畏的大象。它们一步又一步不紧不慢地走了过来——两三头象牙还不怎么长的公象、几头没有象牙的母象，还有两三头小象。每一头象的背上都蹲着至少一只，有时甚至三四只美丽的白鹭，鸟儿大约两英尺高，它们在厚实的象皮上啄来啄去，我觉得它们在上面寻找小动物，也可能在尽情地欣赏着风景。这样的场面对非洲的猎人算不得什么。那些住在荒野的人见惯了荒野的奇观。而对我而言，穿过这些高贵的巨兽聚居的森林，观看它们神秘、可怕的行进，看见四周的大树从离地几英尺高的地方折断，粗大的树枝随随便便地扯落在地上，见证这些庞然大物的巨大力量，我坦言，这一切简直就是美妙而惊心动魄的经历。我们观看着象群走向水边，这时，我听见身后传来轻轻的沙沙声，扭头一看，就在不到四十码的地方，有一只魁梧的成年犀牛——顶着那种罕见的品种所特有的长长的犀角——这就是著名的白犀牛——非洲白犀；它喝过了水，正安闲地走在回家的路上，全然没有察觉附近有陌生

第九章 河马营地

人，有敌人！

我们已经小心地避开了大象的上风向，这一来，相对这只犀牛，我们的位置就非常不利了。我估计，犀牛只要往前再走五十码，就会走到正对着我们的下风向。我趴在十英尺高的食蚁兽小丘的顶上，我是没有危险，绝对安全。可我的同伴们、土著护卫以及和我们一道的水手就没有安全可言了。在这样近的距离之内，又处于上风向的不利位置，只要打不死这畜生，它肯定会疯狂地一头冲进我们中间。我克制住了开枪的冲动，这无疑是出于一种责任感，但我也得承认，看见这不期而遇的幽灵，我惊讶

丘吉尔先生在河马营地瞭望台上

得目瞪口呆。我一边打手势，一边小声地叫伙伴们躲到安全的地方，这期间，犀牛不停地朝前走，穿过了我们正下风向的位置，在一棵小灌木丛后停了片刻，然后，预感到自己的危险，快步冲进了丛林的深处。就这样，我白白地错失了在非洲唾手可得的一次打猎机会。就在此时，象群也消失不见了。

维多利亚尼罗河岸

我们两手空空但万分激动地返回营地，无不为错失良机而懊恼不已，但对于明天，我们可是吊足了胃口，信心满满。就这样，三小时中，离我们靠岸的地方不足四英里的范围内，我们这三队人马见到了许多最大的野生动物，一般大型动物狩猎队在整个行程中所能见到的也不过如此了。当晚，在停泊在河湾中的小"基希吉里号"上躺下睡觉，听着水面游玩的河马哼哼唧唧的叫

第九章 河马营地

声,鸟儿的鸣唱,轻柔的风声和水声,非洲的森林第一次抓住了我的心,那是一种让人神魂颠倒、不可抗拒、永远忘不了的感觉。

天刚蒙蒙亮的时候,我们大家按同样的路线,抱着最坚定的决心出发了。那天晚上,水手们用长竹竿捆扎了一个三脚架一样的东西,利用这个瞭望塔一样的装置,我们可以从高高的茅草和芦苇上观察。虽然一路上拖着这东西很是麻烦,但极为顺手好用。整个上午,我们到处搜索,但十二个小时之前几乎挤满了各种各样动物的丛林,现在却连动物影子也没有一个。最后,站在树梢上用望远镜观察,我们看见了,也可能是自以为看见了四五头大象或者某种大型动物在大约两英里开外吃草。这些动物在一大片沼泽的另一头,要接近它们,我们不仅得走到沼泽对面,由于风向的原因,我们还得绕道过去。

于是,我们循着动物踩出的弯来拐去的小路,钻进了一大片迷宫一样的芦苇荡,下一步会发生什么事心里一点也没底。水道和泥水潭之间的地面相当坚实。空气闷热,高高的芦苇和茅草使人透不过气来。交织着的茅草之上,挂着正午火辣辣的太阳。在长达至少两个小时的时间里,端着点450双筒步枪,因为得随时准备开火,必须手持而不能肩扛,扫视每一个转弯的地方,看到每一个荆棘丛都得小心翼翼,就这个样子跌跌撞撞地穿过这片沼泽,这可不是听起来那般美妙的事情。最后,我们走出沼泽地,在一棵大树下停了下来,沼泽地深处这棵大树就是我们的瞭望台,它的树枝四面远远展开,下面非常凉爽。

时间已是下午三点。我们已经艰难跋涉了九个小时，什么也没看到，这一点也不夸张。但是，这之后我们的运气可是好得出奇。首先，我们看到两只野猪在一小块空地上打斗嬉戏——那场面特别让人开心，我观看了两三分钟，它们发现了我，逃走了。然后，我们看见了十来只漂亮的水羚在一座小山梁上吃草，要打到它们可是轻而易举，要在平时，这份战利品够丰厚了，可今天不行，今天我们雄心勃勃，哪怕是可以猎获所有这些羚羊漂亮的羊角，我们也不愿意冒险惊动整个丛林。最后，我们突然发现了犀牛。我不确定有多少只——至少有四只。它们正站在树荫下，我们实际上已经从它们旁边走过了。现在，犀牛就在离我们六十码的左后方——透过摇动的茅草刚好看得见它们黢黑、模糊、可怕的身躯。

你冷酷无情地用重型步枪开火的时候，你的牙齿会猛地咬下，脑袋会很疼。在这一瞬间，你几乎察觉不到枪声和后坐力。我那把枪应该是猎枪。最近的那只犀牛侧面对着我们。我两根枪管的子弹狠狠地射击着犀牛，它倒下了，又拼命地挣扎着站了起来。我装好子弹，又开了两枪，犀牛的头、耳朵、牛角在草上痛苦地扭动，仿佛还要往前蹿。我看见的就是这些。另两只犀牛逃到山后去了，第四只跑的是另一个方向——朝扛着瞭望台的土著水手们冲过去了，水手们慌忙扔下东西四散奔逃。

在猎人的一生中，射杀一只犀牛是一件极为重要的大事，足以使这一天辉煌灿烂、难以忘怀。但是，天黑之前还有更令人激

第九章 河马营地

丘吉尔先生猎获的布氏白犀

动的事在等着我们。就在离我们的猎物大约一英里的地方,我们停下休息、庆贺,更主要是恢复体力。我们千辛万苦地拖着那瞭望台走了一天,现在架了起来。我爬了上去,立刻看见沼泽边上至少还有四只成年犀牛,距离不到四百码。附近有一座高高的蚁山做掩护,我们毫不费力地接近了犀牛,风向十分有利。但恐怕我让读者们在这猎人的乐园里浪费的时间够多了。长话短说吧,我们又射杀了两头庞然大物,有一头逃进了沼泽地,第四头凶猛地向我们冲来,径直从我们中间冲过,它毫发无损,我们也没有人受伤。然后,标记好猎物倒下的地方之后,我们穿过沼泽走上回营之路,实在太兴奋、太疲倦,哪里顾得上担心沼泽深处潜伏

图上：威尔逊上校猎获的大象

图下："肯尼亚号""詹姆斯马丁号"和"愿景号"航行在白尼罗河上

第九章　河马营地

着受到惊扰的猛兽。回到营地时已经很晚了，朋友们已经把威尔逊上校猎获的一头雄伟的大象的象牙砍了下来，此时他们正在烤一只羚羊，我们的食物储备又大大增加了。

这就是我们在河马营地的一天，建议有心的猎人去那里走一趟，只要他找得到人带路。

第十章　白尼罗河

在河马营地，我们又愉快地盘桓了两天，乘汽船去了其他潟湖与河口，深入内陆搜寻象群。但是，虽然大象最近来过的痕迹到处都是——折断的树木、踩过的脚印、草丛中踩出的宽宽的小路，我们就是一头象也没见到。有天下午，一个部落的土著人帮我们把羚羊抬到营地，他们绝对内行地告诉我们，陌生人来到这里，还有枪声，整个象群受到惊扰，它们已经退到离河岸三天路程的地方。这些土著来自拉多飞地，都是非常彬彬有礼的人，我和他们谈了许久有关他们自己的事情。他们浑身一丝不挂，但是非常威严，身体矫健强壮，双手细长光洁，眼睛炯炯有神。他们的酋长更是英气逼人，天然的威严高贵，下面的人无不唯命是从。我们送给他们很多礼物。首先是大量的肉和兽皮，其次是人人有份的巧克力——他们喜欢甜食，每人三块糖，每人至少一个空瓶子以及不限量的铁皮罐子和纸盒子。对所有这些东西，酋长都有很高的品位，只要他看上一件东西，无论是分给谁的，他立刻威严地收归己有。我想要给他一点特别的礼物，很庆幸，我记起来曾在去赛德港的旅途中买过一件日本和服。他立刻把和服穿

第十章 白尼罗河

了起来,我得承认,他穿上这件飘逸的衣服真是十分优雅,泰然自若,这是蛮荒环境中生活的人与生俱来的风度。就这样,在欧洲人的探险历程中,源自中国的纺织品[1]被介绍到了非洲的中心。

最后我们恋恋不舍地离开了这个迷人的地方,推船下水,抓紧时间赶往尼穆莱。当天晚上和第二天整个白天,我们在宽阔的河面航行,两岸是高耸而生机勃勃的斜坡、郁郁葱葱的森林,随风起伏的茅草。大约下午四点,我们接近了尼穆莱政府机关所在的山脚。从离开阿尔伯特湖一直到这里,尼罗河平缓而开阔,水面宽阔,水流平静,整个河道可供吃水四英尺以下的船只航行。河水在畅通无阻的河道里流淌了一百七十英里之后,到了尼穆莱后突然一个九十度转弯,涌进一连串长长的花岗岩峡谷之中,在长达一百二十英里的路程中,瀑布接连不断。总有一天,就在这一段段湍急的水流开始的地方,在上尼罗河上肯定会建起一座水库。"水利工程奇人"威廉·威尔考克斯爵士说过:"我花了很多时间观察这个地方,我看到一个幻影,一座属于未来的宏伟的水利工程。"事实上,我们需要一年到头、日日夜夜精确而科学地把中非的每一个湖泊、每一条水道,甚至整个庞大水系控制起来,这个需求显而易见,毋庸置疑。

由于河流方向的改变,我们终于要离开船队了。从尼穆莱到冈多科罗,我们必须走陆路,前几天的旅行快捷而轻松,现在要

---

1 原文如此。——编注

经历艰难跋涉的折磨了。我曾以为，这一段行程是我们整个行程中最危险、最艰难的一段，我想到了一连八天在瘴气和蚊虫的包围中穿过沼泽和森林那种种惨景。结果这些担忧完全多余。沿着河岸那段道路很不好走，这我不想多说；但是上山后那条地势较高的道路坚实而干燥，非常漂亮，让人心旷神怡，道路穿过一片片明亮、凉爽、灌木丛生的起伏的原野。

到了尼穆莱，我们又可收到电讯了，仔细浏览过积累起来的路透社报纸之后，我得知国会要1月19日才开会。这一来我又多了十天自由，我开始意识到，这神奇土地的精神已经让我魂牵梦萦。如果不能先让我返身乘船环游阿尔伯特湖，要迫使自己踏上回国的旅程，那将是何等艰难、何等勉强。也许我再也看不见这些山川了，我再也不能摆脱它们的魔力，只要能多看几眼这醉人的海洋和花园，再大的艰难不便都算不了什么。但是，脚夫们每天都要吃饭，"总司令号"轮船正在苏丹边境等候，国内几场集会的会期正在逼近，这些事都驱赶着我继续往前走。就这样，我们怀着万分遗憾的心情开始了前往冈多科罗的旅程。

这段行程很顺利，花了六天时间，三天是走回头路。沿途经过的地方赏心悦目，风光壮丽，艳阳高照，空气却很凉爽。我们每天早上天亮前出发，中午已在尼罗河支流的岸边宿营。这些露营的地方中，艾苏河岸那次宿营最为重要，一长队考察队员涉水过河，走进南岸棕榈树林中的宿营地，这幅美好的画面至今萦

第十章 白尼罗河

绕在我的心中。我还是得说一下，过了尼穆莱之后，再也见不到迷人的风景，游客沿尼罗河一路往下所经之处，再也找不到只有大湖地区和乌干达、乌索加和乌尼奥罗王国所独有的那种新奇而震撼的感觉，更不用说我心驰神往但无缘一见的托罗高原、安科莱、塞姆利基河谷以及月亮山脉了。

过艾苏河

第六天，我们到达了冈多科罗。这最后一天的旅程漫长而酷热。空气中似乎没有一丝水分，植物虽然繁茂，却干枯萎靡。冈多科罗附近常常遭到多达三百头恶名昭彰的大象的骚扰。几乎所有成年公象都被捕杀殆尽。母象和小公象都非常凶暴而狡猾，由于经常和白人打交道所得到的教训，加之受到严厉的狩猎法的保护，它们在整个地区无法无天，为所欲为。它们肆虐的残迹随处可见。随便推倒在地的大树、糟蹋殆尽的土著人的庄稼、被践踏得危险难行的道路、一连中断许多天的邮政，偶尔还有人死于非命，这些都是它们霸道的种种行径。这种情况似乎还要持续很长时间，我听说小公象到了四十岁还没有完全成年，即使等到它们成年，由于当地政府的两位白人官员每年最多只能捕杀一头大象，这件麻烦事也只能慢慢解决了。

当然，行凶作恶的大象是随时都可以捕杀的。就在我们到达冈多科罗的前一天，当地政府一位年轻文官遇到了这样一头象，那天的遭遇他是不可能忘记的。跟踪这个恶棍一段时间之后，他终于找到了一个理想的地形，在距离大象三十码的地方，他正要开火，那大象哼都没哼一声，冷不防疯狂地向他冲过来，虽然头上中了两颗大口径子弹，但它毫不理会，围着一丛特别小的灌木追着这位官员跑了两圈。这时，一个土著持枪飞奔而来，大象分了心，转身朝这个新的目标冲去，追上了这可怜的人，可怕的鼻子一挥就把他打得稀烂。"那头野兽很凶，受到攻击，它会自卫。"[1]我们到了政府所在地的平房，正好看到了这杀人凶手的那对象牙，它死于枪伤，被部落的人拖到这里，他们的庄稼经常遭到这家伙的蹂躏。

在非洲地图上，大多数地名都是非常醒目的粗体字，冈多科

---

1 原文引自法文儿歌："Cet animal est très méchant; quand on l'attaque, il se défend."

第十章 白尼罗河

罗也一样。其实冈多科罗只是一个人口不多的小镇。这里有六座平房、几座土著人的草屋。但是，这里有一座电报房、一座监狱、一个法庭，还驻守着一个连的本地警察和皇家非洲步枪旅。从这里开始一直到沙布鲁喀瀑布，尼罗河又可以供大型船只通航，从喀土穆到那里有一百英里，从冈多科罗过去有一千五百英里。站在河岸上，透过棕榈树叶，可以看到"总司令号"白色的烟囱和船体上层，那里又有了信件和报纸。这条船不是跟着我们横穿乌干达而来，它是"从另一条路过来的"。

"从另一条路过来的"——这句话说来轻巧，但在非洲现代史上，这句话的意义是何等重要啊！我这次旅程十分轻松，十分

拉多的比利时官员

冈多科罗

顺利，十分舒服，可在十到十一年前，这是绝不可能的事。那时，从瓦迪哈勒法或阿布哈马德一直延伸到瓦德莱的苦行僧帝国[1]形成一道难以逾越、唯有大军团才能打通的障碍。如今，在漫长的尼罗河上通行着五十条汽轮的船队，可在当时，在肆意掠夺的野蛮人的控制之下，尼罗河一片沉寂。在离这里往北一千二百英里的克利里村，一场冷酷的大屠杀之后，漫漫黄沙上"像雪片一样"铺满了穿穆斯林长袍的尸体，这才打通了一条通道，尼罗河畅通了。在冈多科罗登船之后，我们离开了殖民部的管辖范围，

---

[1] 苦行僧帝国（The Dervish State）是二十世纪初由宗教领袖穆罕默德·阿卜杜拉·哈桑（Mohammed Abdullah Hassan）建立的索马里穆斯林王国。

第十章 白尼罗河

进入了苏丹这一英埃共管但权限并未界定的地区,这里的每一座公共建筑上并排飘扬着两面旗帜,与本地当局的联系只能经过英国外交部进行。

那以后,我们的旅途舒适,按行程活动就是了。虽然我没有公干,只是经最近的路线回国,经过苏丹的时候,我还是产生了莫大的兴趣。要是你从开罗出发,经尼罗河逆流而上到达瓦迪哈勒法,跨过沙漠铁路到达阿特巴拉河,从那里步行两百英里到达恩图曼战场,你会觉得已经算是见识过尼罗河了。然而我们走的是另一条路线,从尼罗河上游出发走了将近五百英里之后,要到恩图曼还有一千二百英里路程。这条雄浑、举世无双的大河滚滚而下,向你展开其远古的历史。一种强烈的崇敬之情油然而生,每一位喝过它甘甜河水的游客莫不如此。

在条件简陋、战事频仍的条件下,雷金纳德·温盖特爵士及其能干的官员们为苏丹的建设和重建工作做出了大量贡献,对此我深表认可。但是,你从尼罗河源头里彭瀑布顺流而下的时候,你不能不感觉到你离开的那片土地才是最好的。乌干达是一颗明珠。尼罗河省和拉多飞地一片欣欣向荣的景象。即使你从尼穆莱步行到冈多科罗,你经过的也是一片富饶而兴旺的地区。但过了那里之后,风景不再美丽,土地不再富饶。我们丢在身后的赤道地区雨量充沛、民众温顺,充满美丽的鸟儿、蝴蝶和鲜花。我们来到的地带则严酷、可怕、充满危险。在这里,自然残酷不毛,人们性情狂躁,往往武装以步枪。没有庄稼,植物也只是河

图上：喀土穆阅兵式

图下：苏丹政府执法船"达尔号"

第十章 白尼罗河

岸边才有一溜儿，即使在岸边，主要的植物也无非蒺藜和多刺芦荟而已。我们接连走进了两个沙漠，两个沙漠地貌迥异，但同样狰狞可怖，俨然但丁笔下的炼狱。这就是苏德沙漠和有沙海之称的撒哈拉沙漠。

离冈多科罗大约一百英里处，白尼罗河涌入，泛滥成茫茫一片可怕的沼泽地。至于这块巨大的海绵到底因调节水量的功能而利大于弊，还是因蒸发浪费水量而弊大于利，这里不必多说。但是，沼泽地的样子实在凄凉、实在可怕，从中走过可是一件令人毛骨悚然的事情。我们的汽船是顺水，时速至少每小时七英里，由于是满月，我们日夜兼程。一连三天三夜，我们在这片可以轻易放进整个不列颠的恐怖沼泽中行驶。白天，从高耸的驾驶室顶上极目望去，一小时又一小时，四面八方全是连成一片的漂浮的水草，一直伸向遥远的地平线。莎草这植物本身美丽、优雅而神圣。但是，你在成片的水草堆里穿过之后，你会恨它一辈子。莎草从水面向上蹿起达十五英尺之高，草根扎进水下达二十到三十英尺之深，乱七八糟地纠结在一起，就连大象都可以安然在晃悠悠的表面走过。在这个凄惨的世界里，莎草既是开始，也是末日。一连数百英里，你看不到别的东西，地平线上没有蓝色的山脊，几乎没有一棵树，没有人烟，就连野兽的影子也没有。打破这沉寂的只有无数蛙群的聒噪，还有忧郁的鸟儿的叫声。

由于水草切割船不知疲倦地工作，还有不断来往的汽船，这才保持并扩展出一条大约一百码宽的水道，曲曲弯弯、绕来绕去地穿过沼泽地。这条水道深达三十英尺，全程将近一千英里，可供更大的船只通行。在这里驾船航行非常复杂而奇特，简直可以称之为艺术。这里只雇用阿拉伯舵手，他们可不会想方设法避免与河岸相撞。恰恰相反，利用河岸正是他们操纵汽船的基本技巧。几乎在每个转弯的地方，船只都要从一团水草撞上另一团水草，要不就一头扎进草里，等水流把船头转过去，接着又撞，然后摆正方向。有些地方的弯很急，船要转一百八十度，而且不是一次，是两到三次，遇到"S"形弯，情况就更复杂了。有时候我们给撞下椅子，扑倒在甲板上。我们就是以这样奇特的方式蹦蹦跳跳地全速走了七八十个小时。

尼罗河流向其归宿的途中，两条巨大的支流索巴特河和加扎勒河汇入进来。我们走过了数百英里的路程之后，铺天盖地的水草团终于开始变小。远山锯齿状的轮廓出现在钢青色的天际，一个接一个地映照在河面上。摇曳的芦苇丛中不时冒出树林覆盖的小岛和陡峭的石山，打破了可怕的单调。到最后，河岸变成了边缘清晰、结实的黄色沙墙，有些地方，岸边出现了棕榈树和绿茵，到处都是乱蓬蓬的荆棘。我们离开了潮湿的荒野，又来到了干旱的荒野。在这片地区的中部，两岸是一个个灰扑扑的灌木覆盖的广阔干燥的平原，在雨季，这些地区也并非全然不适合开垦，放养牛羊完全没问题。一队队骆驼顶着炎炎烈日慢慢穿行其间。远处开始出现河流与湖泊的海市蜃楼，让景色影影绰绰。每隔四五十英里就有苏丹政府的行政机构驻地，每一个都漂亮整

第十章 白尼罗河

洁,有公共建筑、仓库、一排排蜂窝状的驻军茅草营房、密密麻麻的土著人帆船,常常还可见到一两艘由战时的炮舰改装而成的白色河警巡逻船。

我们按时到达了法绍达,因为怀旧的缘故,如今这里叫作科多克。这里有成群结队的晒罗卡人,他们(按照安排)以传统的自然姿势肃穆地单腿站立;还有一队队衣冠楚楚的苏丹军人和英国官员,有文官,也有军官。在炽热干燥的阳光下,只要没有强烈的热风刮起群魔乱舞般飞扬的尘土,这一切都清晰可辨。在我看来,这就像一幅恩图曼战役的图景——近二十年来英国人通过文字、图画和照片所熟知的古老的苏丹,一幅又一幅地展现在面

科多克(法绍达)的一个晒罗卡人

前。然而，我们还在喀土穆以南五百英里的地方！

在梅什拉－泽拉夫，应总司令的邀请，我们逗留了两天，在辽阔的动物保护区狩猎，非常幸运，我们猎获了一只水牛和若干羚羊。所到的地方是一片荒凉的白沙地，除了一蓬蓬土灰色的枯草，就是光秃秃、黑乎乎、盘根错节的荆棘。然而，这里似乎到处是动物。第二天上午，我只用了三个小时，便猎获了一只漂亮的大羚羊、两只野鸭，我还射杀了两只漂亮的马羚，当时一群马羚正在前往水源的路上，慢悠悠地经过我们的埋伏地。要记住，在这些地方，狩猎这项运动固然快乐而刺激，但猎手随时都有可能遇到更为危险的动物——狮子或水牛。所以，你不敢离你的大型猎枪超过几码，也不敢全神贯注地追踪羚羊。当然，也有些不想冒险的怪人，他们不顾当地人的不便，每年花许多钱在小岛上人工放养一定数量已经基本驯服的鹿群。这一来，他们就不用一年租下整个森林，而是以更少的代价，只花一个月时间在他们自己的天然猎场中追逐各种野生动物，获得的体验足以让他们陶醉一辈子。

体验反差毕竟是欢乐的一个因素，来到了文明的环境，那天上午的狩猎又是如此尽兴，这次漫长的旅程有这样安全而快乐的结局，我不由得为此庆幸。我们完全没有出任何大事，就连生病发烧这样的麻烦事都没有遇到，我为此喜不自胜。那些渲染非洲旅行是如何危险的文章真是太夸张了！要避免旅途中的危险真是太容易了！理性地做好预防，坚持不懈地锻炼，按时服用奎

第十章 白尼罗河

宁——难道这些措施还不能保证安全吗？当时我就是这样想的，认为这样很有道理，只不过这么想还不是时候。我们的旅行毕竟还没有结束啊。

从梅什拉-泽拉夫出发，经过二十四小时的航行，我们到达了喀土穆附近。这里的风貌没有变化。黄色的沙坡一直伸到尼罗河水边，两岸依然是荆棘丛生，但植物中有了越来越多的枣椰树，在一英里又一英里飞速前进的途中，我们看到了成倍增加的土黄色土墙村落，还有土黄色的人群。最后，我们看到了一棵孑然屹立的大树，这棵树枝叶繁茂，一百个人可以在下面躲避无情的太阳，这就是戈登树，它宣告我们已经来到喀土穆附近。不久后，河岸一边的恩图曼巨大的迷宫般的土墙建筑群映入眼帘，沿

王宫，喀土穆

岸樯桅林立。对岸愈加浓密的棕榈树林中,耸立着新喀土穆一座座蓝、粉红、深红相间的清真寺尖塔。展现在游客眼前的这座城市就是喀土穆——重建于废墟、集财富和美丽于一身的新喀土穆,这是一座明媚的城市,像一位坐在尼罗河宝座上的女王,它是一个遥远而强大政权的中心。我们的汽船向右急转弯,驶离了这条多日来一直相随的神圣的大河,离开了它平静得乏味的水面,驶入了更为湍急、更为清澈的水域,逆流而上进入尼罗河主要的支流——蓝尼罗河。经过了棕榈成行的一段段高高的石堤之后,汽船开进了一座现代的东方港城,不多时,我们四周到处都是宫殿、清真寺、货栈和码头。

在恩图曼战场上,伊斯兰苦行僧政权遭受了毁灭性打击,至今已经将近十年了。在政府各项事业上,苏丹各省每一年都取得了扎实而显著的进步。全国恢复了秩序,即使在科尔多凡省最边远的地区,虽然并不稳定,秩序还是成功地维持了下来。铁路已经抵达蓝尼罗河南岸,把喀土穆和开罗与红海连接起来,只等跨河大桥建起之后便可进入盖齐雷流域的富饶地区。庞大的汽轮船队保证了各大河沿岸快捷的定期交通。税收从1899年的几千英镑上升到1907年的一百多万英镑。农业技术的改良增加了国家的财富,没有了大屠杀和饥荒,人口已开始增长。废除了奴隶制,消除了宗教压迫,不再严厉地干涉人民的习俗,教育制度和技能培训制度也建立起来。

苏丹全国都发生了显著的改变,在首都,这些变化尤为巨大而引人瞩目。在戈登[1]阵亡的废墟上，一座庞大的宫殿在美丽的花园中拔地而起。宽敞的大街有了电灯，沿街是精美的欧洲商店，全都按照几何图形精确地规划。一整套主要服务于本地人的蒸汽有轨电车系统和渡船，使得喀土穆全城以及喀土穆与恩图曼和哈尔菲亚之间的交通极为便利。按照防御计划所布置的一道半圆形坚固的驻军防线保护着内陆的安全。戈登学院的学术活动非常活跃——既有穆斯林学者也有信仰基督教的学者，研究的内容既有学问，也有技术。在庆典的场合，身着各种制服的七千名士兵在英国和埃及旗帜前面健步走过。

乔治·斯克里文斯

---

[1] 查尔斯·戈登（Charles George，1833—1885），英国将军，殖民地官员。1860年来中国，帮助清政府镇压太平天国，被称为"中国的戈登"（Chinese Gordon）。1884年受命前往苏丹救援被马赫迪起义部队围困的埃及驻军，在喀土穆受困战死，被称为"喀土穆的戈登"（Gordon of Khartoum）。

这些进步让人振奋，与我十年前的记忆形成巨大反差，所以格外令人难忘；总司令在城市的重建和复兴这项艰巨任务中肩负最大的责任，他对我们非常亲切好客。尽管如此，喀土穆还是给我留下一种愁闷的印象。我们的汽轮靠近码头时，我得知我的英国仆人乔治·斯克里文斯突然生病。他非常虚弱，皮肤下呈现一种奇怪的蓝色。为他请来了非常好的医生，也动用了喀土穆医院的一切手段。看起来没有理由担心会出现致命的后果。然而，他的内脏出现了急性炎症，这是吃了某种有毒的食物造成的，我们其他人侥幸得以幸免。他出现了亚细亚霍乱几乎所有的症状，在发病十五小时之后，他于第二天清晨去世。

　　这之前我真是高兴得太早了。非洲永远会索取自己的牺牲

菲莱岛

第十章 白尼罗河

品。我们四个白人一道从蒙巴萨出发，却只有三人回到了开罗。为他举行的军葬结合了世界上两种最隆重的仪式。在恩图曼战役结束后的第二天，我不得已埋葬了第 21 枪骑兵团前一天晚上伤重不治的战士。九年之后的今天，在非常不同的情况下，又从非洲的另一端回到这个流过太多鲜血的悲惨之地，我又一次站在一片开阔的墓地上，苍黄的落日依然挂在沙漠上空，葬礼的排枪声打破了沙漠的沉静。

我们剩下的旅程全都在旅游地区，不久之后，沙漠铁路公司舒适的卧铺火车、瓦迪海法河与阿斯旺河上惬意的客轮一路顺利地载着我们去往上埃及，然后是开罗、伦敦、世界各地。

第十一章　维多利亚-阿尔伯特铁路

我的旅行到了尾声，故事讲完了，一直忠实地陪伴着我的读者们有权问我，我到底带回了什么信息。我要说的话可以归结为五个字：重视乌干达！

在非洲东北部大部分地区，英国的影响或者权威是至高无上的。但是，如果我把目光转向除埃及之外的大片地区，我发现没有哪一个地区像乌干达保护国那样充满希望的前景。苏丹面积大得多，也重要得多，大不列颠对它做的任何事情都是无偿的。但是，苏丹显然没有那样富饶。东非保护国不仅拥有价值巨大的广阔的沿海地区，也有和英国春天一样凉爽的辽阔高原。但是，我们用在东非的钱已经超过了乌干达的全部税收，用以满足那里白人定居者高昂的需求，而取得回报的希望并不明朗。北索马里是一片岩石与荆棘的沙漠，其居民是武装的狂热分子，而在这个地方我们花掉的钱接近每年对乌干达财政补贴的一半。在索马里和乌干达之间，这种反差简直触目惊心：一个是不毛之地，匪盗横行；一个是土地富饶，人民温顺。毫无价值的东西反而很难获得，最有价值的却唾手可得。

第十一章 维多利亚-阿尔伯特铁路

在乌干达（我以这一俗称指乌索加、乌尼奥罗、托罗和安科莱等地）这一河流纵横的地方，如果把无比肥沃的土地与非常聪明、社会素质极高的人口科学地结合起来，除非由于疏忽或者发生重大失误，否则必将带来巨大的经济发展。经铁路运往蒙巴萨的货物有一多半来自于大湖对岸。然而，对乌干达我们几乎没有任何资金投入。这里没有欧洲人建的道路，没有铁路，没有水利设施，没有实施任何说得过去的公共项目。一笔少得可怜的财政补贴仅仅勉强可以支撑欧洲人日常管理的开销，我们没有投入任何现金或贷款用于这个国家的发展。但是，乌干达本身就有生命力，而且生机勃勃。在我看来，虽然存在害虫和瘟疫的问题，但总有一天乌干达将成为我国在东非和中非殖民地中最发达的地方，也可能成为所有这些地方的财政动力。我无意贬低东非保护国的重要意义，也无意鼓吹减少对它的关注或支持。两个保护国相互依存，应该一道进步。但是从它们的相互关系来看，从今天的形势来看，我的观点很简单："重视乌干达！"在非洲，也只有在乌干达，很少的投入就会干成大事。也只有在乌干达，很少的投入就会产生巨大的回报，获得丰厚的效益，而且立竿见影。

仅仅棉花就可以为乌干达带来巨大财富。所有最好的棉花品种都可以茁壮成长。十万精明的地主拥有两万平方英里的优质土地，他们迫切希望种植棉花。勤劳而有组织的人口提供了必需的劳动力。仅仅是应政府的要求，乌干达各地便试验性地种植了大量的棉花。虽然还只是开始，种植规模便远远超过了预期。种植棉花需要精心培育，人们已经采取了措施以避免粗放或外行的管理，以确保乌干达出口棉花的品质和声誉，确保发放的种子是品质最佳的种子，确保不会发生不加控制的窜种。棉花生产必须由政府控制；必须由专家监督轧花过程并对本地种植者加以指导；必须修建道路使产品运往市场。如今，乌干达棉花种植资源的科学管理已经得到切实的实施。为此项目，英国每年将给予一万英镑特别补贴。欧洲官员通过殖民部与曼彻斯特最高当局和英国棉花栽培协会保持密切联系，这些欧洲官员将对棉花种植的全过程加以监督。根据最权威专家的估计，虽然现有增进棉花产量的方法还非常有限，但未来五年棉花生产将取得重大进步。

况且，棉花还只是现代工业所渴求的热带产品之一，在两大湖之间的地区，棉花种植成本之低、栽培之易、品质之好，世界上没有任何地方能与之比肩。橡胶、纤维、肉桂、可可、咖啡和甘蔗都可以大规模栽培；盛产珍稀木材的原始森林只待开采；即使矿产资源不能使乌干达身价倍增，但在丰富而多样的农业所奠定的坚实的经济基础上，矿产资源开发一定会非常兴旺。乌干达绝不能成为一个定居者的国家。不管东非高原地区的命运如何，两大湖沿岸绝不能成为白种人的永久居住之地。这片土地属于耕种的人。这里的本地劳动力可以组织起来，利用先进的知识和外来资金加以指导。在我看来有一件事很值得庆幸，这个国家的自然条件抑制了为数不多的白种人在和谐的乌干达心脏地区的增长，这些人冷漠而自私，与别的民族打交道疑虑重重，一心想的

第十一章 维多利亚-阿尔伯特铁路

就是如何剥削弱者。要让这片土地永远属于"耕种的人"。但愿耕种的人不要成为贪得无厌的辛迪加的代理人，一心想着千里之外的股东的利润。但愿耕种的人是德才兼备的欧洲人，他们切切实实地了解本地人及其能力，从而妥当而公平地与他们相处。还有我觉得比这更好的情况是，让耕种的人成为公正廉洁的政府官员；他们指引这个国家的发展，不是为了自己的私利，也不是为了其他金钱利益，而是为了这片土地上人民的福祉，是为了帝国的利益——因为这片土地是帝国的一部分。

但是，要在既无偏见又要保证其他省份优先的条件下，如果英国要立即改变东非政策、加快乌干达的经济社会发展，那么首先应该采取哪些措施呢？我比较倾向于林业和农业，还有类似于喀土穆戈登学院那种广泛的技术教育体系，这个目标的一部分可以通过资助现存的教会学校得以实现。我还倾向于修建公路，这对经济建设、发展汽车运输和兴修水利必不可少。还是简单直白地把话说清楚吧，用我以前说过的话，那就是三个字："修铁路。"

大英帝国在东非和西非海岸以极快的速度、极少的代价或流血牺牲获取的一连串殖民地属地，即使算不上帝国不可或缺的一部分，其价值也无可估量，这是毫无疑问的。我们许多最重要的产业可以从这些辽阔的种植园获取原材料；英国的产品可以源源不断地运往这些地方；在这广阔的天地，我国卓越的管理才华可以大有可为，民族美德可以发扬光大。这些巨大的属地当中，例如西海岸的南尼日利亚，有的已经非常繁荣，不仅能够自足，而且能够以贷款和援助的方式支持不够发达的邻国。其他的属地仍是我们预算的负担。我们每年还要或多或少地资助北索马里、东非保护国、尼亚萨兰和乌干达。乌干达铁路的资本支出还是整个东海岸财政的沉重负担。如要减轻或者抹平这些资金支出，唯一的办法就是一个或者更多相关地区的经济增长，或者发展深入到乌干达内地的铁路交通。在目前的情况下，各地逐年取得稳定进步，令人鼓舞。用于殖民地的预算开支逐年减少。每一年各殖民地政府的行政管理愈加细化，效率得以提高，相应地也增加了开支。以这片沃土的产出回报足以弥补收支的赤字。如果不发生笼罩着热带保护国初期那样的战争、叛乱、瘟疫和饥馑——这些都是可以防止或者控制的，可以很容易计算出，在不太遥远的一天，英国纳税人将不必为再为保护国做任何贡献。发展的势头令人鼓舞；但是，发展可以更稳、更快，所有的风险可以更小，所有现有资源都将得到刺激并成倍增长，这一切可以通过一个途径得以实现，那就是——铁路。

我甚至可以这样说，如果没有铁路，要想统治一个非洲大殖民地只是浪费时间和金钱，更别说使其发展了。如果没有至少一条快速交通干线穿过其中心地区，就不可能有安全、进步或者繁荣。如果一个地方像北索马里那样，其土地本身毫无价值，只是岩石和灌木的荒漠；如果一个地方军事危险太大，投入和收获完全不成比例，那么，明智的做法就是抽身出来转而关注别的地

第十一章 维多利亚-阿尔伯特铁路

方。如果出于某种原因决定留下来加以管理，铁路就是绝对必要的头等大事。没有铁路，任何现代管理都徒劳无益，任何有利可图的商业活动都不可能进行。出于这些理由，某个英国殖民地政府最近批准了一批总长将近六百英里的铁路延伸线项目，目前正在尼日利亚南部和北部抓紧建设。在我看来，这些理由同样适用于乌干达保护国，而且我觉得更加紧迫。

人们通常并不知道，乌干达铁路并不经过乌干达。这条铁路抵达了乌干达但并没进入乌干达。铁路名叫乌干达铁路，但历经千山万水之后它就筋疲力尽了，一到维多利亚湖便迫不及待地停住了。乌干达是到了，但火车并不穿过这个地方。从维多利亚湖西岸修一条延伸线抵达阿尔伯特湖，这条铁路不仅可以辐射到许多最有价值且富饶的地区，而且其影响范围会成倍增加，这一点我会加以说明。

在这些非洲保护国目前的发展条件下，修建铁路和水路运输竞争，这几乎没有价值，我认为毫无价值，其中道理不言自明。在这些新兴国家中，铁路应该是补充，而不是取代湖泊和可以通航的河流。与纯粹的水路铁路联运相比，直达铁路运量巨大，无须中转和延误，其优点毋庸置疑。如果不考虑成本，那么这二者孰优孰劣是毫无疑问的。但是，成本恰恰是不能回避的问题，而修建铁路的方案一提出来就受到这个问题的支配。一等国家有钱修建一流的铁路，购买上等的火车；二等国家就必须有所克制了；刚从丛林中诞生的年轻新兴国家，修得起铁路就知足了，也理应如此。世界上最好的铁路与最差的铁路之间的差别无疑很大。但是，相比拥有世界上最差的铁路与没有铁路的不同，这些差别就完全无足轻重了。要知道，我们不能与欧洲最优秀的铁路线相比，不能与类似的铁路相比，甚至不能与征收通行税道路上的运货马车相比。新兴国家新建的铁路可以比较的，只能是那稀稀拉拉的一队队苦力，他们呻吟着、跌跌撞撞、举步维艰、蹒跚而行。也就是说，可以比较的，只能是那种让世界丢脸的最痛苦、最下贱、最缓慢、最低下的运输方式。与这种运输方式相比，任何铁路都是天堂，不管它是多么原始，运力有多小，运行多么不顺畅。

我这是在极力向读者们介绍一个谨慎而适用的方案。我的意思是新建一条铁路，这条铁路可以称为"维多利亚－阿尔伯特铁路"，实际上也就是现有乌干达铁路的延伸线。这条铁路要横穿两大湖之间的地区，把这两个巨大的水库以及它们各自所有相通的河流连接起来。铁路的长度不大。估计最长不超过二百五十英里，也可能一百五十英里就够了。有人告诉我，估计这条铁路的最高造价为每英里五千英镑，如果这个估计合理的话，总造价在七十五万英镑到一百二十五万英镑之间。

建造一条连接大湖的铁路有一个最大的好处，那就是湖岸上任意一点都几乎同时与铁路终端连为一体。汽轮沿湖岸环行，湖岸沿线所有货物和旅客都可以迅速送往铁路。两大湖实际上就是贸易的枢纽，只要连接起来，就能轻而易举地刺激中非经济快速

第十一章　维多利亚-阿尔伯特铁路

发展。

维多利亚－阿尔伯特铁路可走的两条路线各有其竞争优势。第一条路线最简单、最理想，但也最昂贵，它直接穿过托罗高原，经过最佳的棉花产区，从恩德培附近维多利亚湖一处出发，抵达塞姆利基河流入阿尔伯特湖南端的地方。第二条路线其实就是这几页记述的我们走过的路线。这不是一条直线，全程都不经过已经开发、有人居住的地区。这条线也不能抵达阿尔伯特湖最合适的那一头。但是，它比另一条线便宜得多。这条线没有将近二百五十英里那样长，而只有一百三十五英里。不过，这条线是一条完整的铁路交通体系，不仅连通了两大湖区，而且将乔加湖所有河道及其支流连成一气。

简单来说，后一方案由两段铁路组成：第一段长约六十英里，从金贾（或里彭瀑布）起，止于卡金杜，是维多利亚尼罗河可以通航的起始点；第二段长约七十五英里，起于马如利附近，止于尼罗河默奇森瀑布之下流入阿尔伯特湖的河口。这两段铁路总长一百三十五英里，完美地将众多水道连接起来，即：1. 维多利亚尼罗河卡金杜至乔加湖通航段，全长三十英里；2. 乔加湖本身及其深入埃尔贡山西南整个富饶地区的众多狭长湖湾，周长至少二百五十英里，可供汽轮沿岸通航；3. 维多利亚尼罗河从乔加湖开始到默奇森瀑布以下湍流重新开始的福韦拉全部可通航河道，全长七十英里；4. 从瀑布到阿尔伯特湖，全长三十英里；5. 阿尔伯特湖沿岸，全长二百五十英里；6. 塞姆利基河（过了沙洲）通航河段，全长六十英里；7. 白尼罗河从阿尔伯特湖至尼穆莱广阔的水道，全长一百二十英里。这就是说，只要修建一百三十五英里铁路，就可建成长达八百多英里的现代快速交通系统。换句话说，乌干达铁路只要延长其总长度的五分之一，成本再增加八分之一，其有效辐射范围将增加一倍以上。这样理想的铁路方案真是不可多得。

对这两个方案做何选择，我不做判断。对两个方案都在进行仔细研究。穿越托罗高原那条更长也更大胆的线路也许优势更大。但是，其造价也接近两倍，而造价正是决定性的因素，这不仅对募集资金的政府是如此；而且，如果一个公司的资金投入明显超过预期的收入，势必对公司的经营活动造成永久性的损害，所以，造价更是举足轻重的因素。这是一个需要严肃而耐心审视的问题，只有对两个方案各自竞争优势进行最合理的取舍，现实和理想之间才能实现最佳的平衡。

让我们再次展望一下我相信不久的将来的美好前景，不管哪条铁路把维多利亚湖和阿尔伯特湖连接起来，从蒙巴萨到月亮山脉只有不到四天的路程，到那时，英国政府将拥有到达刚果东部最短的途径。乌干达铁路将能够为商品和铁路物资提供最低廉的运费，任何铁路都无法与其竞争。今天，经刚果博马到大西洋的贸易如涓涓细流般疲弱地流过半个非洲，一点一滴地流经乌干达，虽然贸易总量可观，却是萎靡不振，仍渴望着通往北方的出口。到将来，整个贸易都将快速而兴旺地流动起来，乌干达主要

第十一章 维多利亚-阿尔伯特铁路

地区各方都将获益,切实地把乌干达铁路的地位从服务于政治的铁路升格为优秀的商业项目。英国的纳税人只能以这种方法收回资金。投入不大而回报巨大。进一步研究、必不可少的仔细勘察肯定会推迟铁路的建设。但是我毫不怀疑,对于弗雷德里克·卢吉爵士[1]曾自豪地称为"我们的东非帝国"的所有保护国而言,维多利亚-阿尔伯特铁路是目前有待实施的最重要的项目。

让我们更进一步考虑一下非洲东北交通的发展问题。乌干达铁路延伸到阿尔伯特湖之后,如果要把东非和乌干达整个铁路水路交通系统与埃及和苏丹庞大的铁路水路交通系统连接起来,要把乌干达铁路和沙漠铁路连接起来,要把大湖区和蓝尼罗河以及白尼罗河的航运连接起来,就只差一条连接线了。而且这条线很短,仅仅一百一十英里,从尼穆莱到冈多科罗,也就是尼罗河航运为瀑布所中断的地方。至于这条连接线的商业用途,我没有什么可说的。但是,作为将两个庞大运输系统合为一体的桥梁,这条连接线总有一天会非常重要。今后,在受英帝国影响或者支配的整个非洲大陆东北地区,构筑总长达二万英里完整的铁路水路交通系统将具有压倒性的重要性。

透过这些简要而可行的方案,大胆且想象力丰富的读者可以一窥更加遥远、更加神奇的地区。也许,到乌干达和苏丹铁路水路系统连通的时候,罗得角至开罗铁路将抵达坦噶尼喀湖南端。

---

1 弗雷德里克·卢吉爵士(Sir Frederick Lugard,1858—1945),1888年至1945年间在英国殖民史上起重要作用的官员,曾任职于东非、西非和中国香港。

到那时，除了一段相对很短的间断，一条舒适快捷的铁路和水路动力旅行线路将纵贯非洲大陆。

到那时，也许该再来一次旅行了。读者们想必愿意购买头等旅行车票，因此不再需要我做向导了，借此机会，我谨向读者们鞠躬致意。